平成うた日記

風のように、雲のようにも

下風憲治

ベルナール・ダディ
（セネガル共和国）

神様ありがとう、黒人に生んで貰ってありがとう．
この世の苦悩の限りを与えて貰ってありがとう．
この世界を頭の上にのせて貰ってありがとう．
ボクはサントールのように、初めての朝以来世界を背負っている．
白という色はかりそめの色、黒という色は日常の色．
初めての世以来、ぼくは世界を背負っている．
ぼくの頭の形を、世界を載せるにふさわしく
作ってもらって僕はうれしい．
世界の到るところの風の匂を吸うことのできる
この鼻の形が気にいっている．
世界のどこかで事が起ってもいつでも駆けつけられる
この足の形に満足している．

神様ありがとう、黒人に生んでもらってありがとう．
この世の苦悩の限りを与えて貰ってありがとう．
三六本の刃がぼくの心臓をさしつらぬいた．
三六の炭火がぼくの体を焼きこがした．
そして殉教の丘のあるところどころでも、ぼくの血は雪は赤く染め、
そして朝日の射すたびに、ぼくの血は自然を赤く色どった．
とはいうものの　このぼくは世界を背負うことに満足している．

神様ありがとう、黒人に生んで貰ってありがとう．
この夜の夜明け以来、ぼくは世界を背負っている．
そしてぼくが笑えば
暗い夜にも　朝がくるのだ．

この詩は私の大好きな私の自画像のようにしているものです。

「風のように、雲のようにも」
平成うた日記

目次

一　赤坂御所にて

野のままに　やまゆりあじさい　みだれさく
若き子むかへる　　御所のにはみち
すずしげな　ひとみのをとめご　ならびたち
皇太子殿下の　接見（おでまし）をまつ

こころやすく　ドイツ派遣の　青年に
ゲーテをかたる　　東宮太夫

こはくいろの　シェリー酒かたての　われとかたる
若き侍従の　まゆのいろこく

世界青少年交流協会・平成元年度・派遣者結団式が赤坂御所にてとり行われた。

私の「御所」初体験。武蔵野の林を思わせる森の中、自然のままに野の花が咲き、ところどころに暖かな日溜まりがあった。

男女、各二十五名のメンバーが緊張して接見を待つ。女性は前列、男性は後列に並ぶ。扉がコッコッと叩かれ、侍従が皇太子殿下の入場を告げる。

私は、映画「ローマの休日」のラストシーンを想い出していた。

平成元年七月七日

二　洋史の剣道・昇級認定試験会場にて

きんちょうの　横顔りりしく　ときをまつ
二級じゅけんの　じゅうにのきみは

うちこみの　しないの音も　かろやかに
汗びしょぬれになり　しあいがおわる

合格の　ばんごうみつけ　とびあがり
二階のわれに　　とどけと手をふる

さわやかに　笑顔ふりまき　友とはしゃぐ
少年剣士よ　　すこやかにあれ

次男の洋史は、幼稚園の頃から姉の博子とともに剣道を習い、谷津先生の指導を受けている。

つゆの雨の日曜日、妻と昇級認定試験の応援に行く。

平成元年七月九日　久里浜南体育館にて

三　総理官邸の新春パーティにて

はるかひに　わかき子この坂　かけのぼる
昭和の御世の　維新ゆめみて

いくとせの　歴史をきざむ　官邸に
くにのみらいへ　さかづきあげる

官邸の　にわにひとえだ　はるそえる
総理とかたる　尾上　梅幸

はれやかな　政府高官　おもいこめ
としのはじめの　選挙をかたる

世界青少年交流協会、藤井・森常務理事のお供で総理官邸の新春パーティに出席する。

閣僚、官邸のスタッフ、海部総理の「家の子郎党」が約二百人のガーデンパーティ。

森山真弓官房長官は、うぐいす色の涼しげな和服姿が印象に残る。

ご婦人方の人気の的は、歌舞伎役者の尾上梅幸さん、柔和な人だった。

小沢自民党幹事長が乾杯の音頭、関心事は選挙、選挙一色だった。

協会の創設者、故・川崎秀二代議士は海部総理の大先輩。

総理の初めての海外渡航は世界青少年交流協会のメイン行事「日独青少年指導者研修」への参加だった。

昭和二〇、三〇年代、国民にとって、海外に行くことは夢のような時代に、川崎は将来の日本を担う若手代議士、議員秘書、政治家の卵達に、意識的、積極的に海外との交流の機会を与えていた。

現在の閣僚、大物議員には世界青少年交流のＯＢやファンが多いのである。

平成二年　元旦

四　サッカー天皇杯の応援にいく

遠き日々　いなづまのごと　よみがえる
サイドを駆ける　背番号6

平成の　そらすみわたる　天皇杯
寒風もあたたか　母娘（ははこ）の笑顔

コーナーキック　佐野のシュートも　あざやかに
決勝ゴールに　紙吹雪舞う

晴れ着姿の　若人らつどえる　国立競技場
逆転勝利に　歓喜あふれる

快晴の平成二年元旦、天皇杯決勝の応援に行く。稲葉真弓さんがお母さんとご一緒に。

試合前の日産チームの練習中のこと。

「あっ、背番号6、福井が駆けていく」一瞬、稲妻のように幻影が目の前を走り去った。

福井延広君、日産蹴球部OB、工機工場時代の人気者。とても懐かしい部下だった。

「おかしい、現役を引退したはずなのに、コーチの名簿にも名前はないし……」

笑顔で寄ってきて、何かをいいたげな顔付のまま人ごみの中に消えていた。

奥様のお話では、丁度その頃、彼の魂は昇天したのだった。

「天皇杯の決勝の日、元旦の国立競技場に、福井君は必ず来るのだ」と私は信じている。

平成二年　元旦

五　博子の成人式に

庭の樹々　メジロヒヨドリ　えをつばむ
君がはたちの　成人の朝

蝶とさくら　金色に扇　きらめいて
川に流れる　君のふりそで

月にアポロ　くにの未来も　はてしなく
君の生まれし　万博の年

雪つげる　あすの予報に　くじけずに
あかるくたかく　輝き歩め

長女・博子、昭和四十四年十月十九日生まれ。
大阪万国博覧会の年だった。博覧会から「博」の字をとった。
「博学」よりも、「博愛」。広く、分け隔てなく人を愛し、愛される子に、と願った。
明るく、スポーツと子供が大好きな美しい娘に育った。
妻と娘とで選んだ、成人式に着てゆく振り袖を眺めている。
あいにく、明日の天気予報は「関東地方は大雪」とのこと。
雪にも雨にもめげず、いつもの笑顔でこれからも歩んでほしい。
平成二年一月十五日

六　平川　みち乃さん退社

受話器もつ　ゆびやわらかに　声ひびき
きみの横顔　こころに刻む

やさしさと　誠実　信頼　おもいやり
みなをはげます　ことばぬくもり

青春の　なかまは星座　オリオンの

三つ星永遠（とわ）に　きよらにひかる

青春の　三年（みとせ）の想い　堰（せき）をこえ

言葉途ぎれて　君はうつむく

日産自動車　広報部　情報資料室の三人娘
西山美恵子、平川みち乃、稲葉真弓は、オリオンの三つ星のようだった。
経済文献研究会（経団連）、専門図書館協議会（東商）、企業資料協議会（経営史研）など社外の団体、
企業、シンクタンクの担当者の信頼も極めて高かった。
何かと頼りにされる、ちょっとした有名人でもあった。
「情報化社会」、それはコンピュータの通信回線に、人間の信頼のネットワークが裏打ちされて、初め
て、高度に機能を発揮する「ギブアンドテイク」の社会。
「こんな資料を捜しているの」、「これを裏付けるデータがないかしら」ｅｔｃ
魔法使いや手品師のように、必要なデータが目の前に現れてくる。
この度、平川さんが退社することになった。幸せを祈る。
平成二年一月三十一日

七　経団連　常見図書館部長の送別に

せんそうと　平和おりなす　青春の

六十余年の　過ぎ去りし日々

白髪に　青年のごと　ゆめあふれ

若き乙女と　プラトンをよむ

潮騒を　遠くはなれて　静かなり
妻と二人の　相模野の森

あたたかく　心やさしく　にこやかに
酒くみかわし　つきることなく

御世話になった経団連・図書館部長の常見武司氏の送別の宴を、西山美恵子さんと築地の「藤芳」でささやかに。ご主人の心づくしの海鮮料理に話がはずむ。

平成三年二月八日

八　横浜日産モーター本社に吉岡人事課長を訪ねて

ショールーム　プレセアフィガロ　異国の絵
白きまちなみ　心ひかれる

はなやかに　にぎわいかたり　手をとって
若きをとめら　家路にいそぐ

わがために　会議ぬけだし　夜のまちに

さあいきましょうと　コートとる君

さわやかな　笑顔できみは　ビールつぐ

とべ駅前の　やきとりのおいしく

「未知の分野で、やっかいな仕事」の担当になり、誰か一人、スタッフを選ぶとすれば、私には、彼の顔がまず浮かんでくるだろう。

つらく苦しくとも、明るく、それなりに楽しくやっていけるに違いない。

工機工場の就業・給与の担当。技能五輪チームのお世話役でもあった。

昭和五十二年「旋盤」「木型」、昭和五十四年「旋盤」「木型」「機械組立」「電気溶接」と工機工場の担当全職種が全国大会に優勝し「金メダル」を獲得したが、影の功績者は、吉岡正四と教育担当の佐藤典子の二名。もし二人がいなければ、二位の「銀メダル」に手が届いても、一位は無理、技能オリンピックの世界大会に日本選手代表としての出場はなかったと思う。

どんな分野でも、一位と二位の距離の差は、限り無く大なのである。

彼はその違いがわかり、わかり易く具体的に指導もできる男だった。

平成二年三月二十日

九　Ｍｅｓｓａｇｅ　ｆｒｏｍ　Ｙｏｕｒ　Ｇｒａｎｄｆａｔｈｅｒ

樹々は　緑さわやかに
東京は　皇太子殿下　ご成婚パレードの準備中
街路は　美しい飾りつけ。

Ｊｕｎｅ．５．１９９３　Ｎａｔｓｕｍｉ　君は生まれた。
ママにだかれた　君の寝顔
きよらな輝き　とてもとっても可愛いいね。

やわらかく　とけてしまいそうな　Ｎａｔｓｕｍｉの手
細く長い絵筆をもって
青いお空のキャンバスに
大きな虹をえがこうね。

形よく　ピクピクうごく　Ｎａｔｓｕｍｉの鼻
胸いっぱい　きれいな空気すいこんで
霧のながれる　青い海
白いイルカとおよごうね。

涼しげにすき透ったＮａｔｓｕｍｉの目
夏の　みどりの森のなか
赤い野イチゴの実　たくさんさがし
おいしいケーキつくろうね。

元気よく　かけだしそうなＮａｔｓｕｍｉの足
赤い毛糸のクツシタはいて
ひろい野原の丘の上
おおきな　雪ダルマ　つくろうね。

初孫、物井（ものい）　夏実（なつみ）の誕生　　平成五年六月五日

十　「宝会記念誌」上梓のお祝い

先達の　あしあとそっと　なぞるごと
ゆびやはらかに　記念誌めくる

海図なく　ふねこぎいでし　航海（たび）なれば
星をたよりに　潮のながれに

昔ひとの　想いをやどす　たから杜
凛々（りり）しいちりん　白梅ひらく

雲あつく　あめふりしきる　山路行く
温故知新の　訓（おしえ）　たどりて

日産自動車の協力会社の組織「宝会」が発展的に解散することになった。

その活動の歴史を後世に残すため、「宝会記念誌」の編纂が決まった。

編纂事務局は、土屋製作所の米田樹一専務取締役と有賀　久氏。

日米貿易摩擦の余熱がまだ残り、「系列批判」が燻っていた頃のこと、ネガティブな意見も本社サイドでは強かったが、「戦後の復興、宝会の苦難の歴史は記録として残したい」という創業社長・オーナー連の熱意と強い意志が通り、編纂のＧＯサインとなった。

自動車会社や大手部品メーカーには、それぞれに社史があるが、全体として活動記録に纏められたものとしては、内外に類例がない貴重な活動の記録。

私も時々相談に。「不揃いのリンゴのままに」、形が揃えられ泥が洗われたり、ジャムやジュースには加工しないよう心掛けた。

休日や夜、自宅に持ち帰り、原稿や資料を読んだこと等、とても懐かしく思う。

平成六年一月七日

十一　母を旭川厚生病院に見舞う（一）

おさなごを　のこし婚家を　さった日の
まづしくつらき　母のわかき日

声なくて　ゆめとうつつを　さまよえる
母のまぶたの　海霧のまち

いちにちも　はやくしずかに　死にたいと
ふるえるゆびで　文字かきつげる

病院の　まどやはらかに　ゆきつもり
たいせつのやま　ゆき雲うごく

口頭癌だった。手術の前夜、私が病室に泊まった。
母は、咳き込み苦しみながらも、遅くまで私に話し続けた。
私には、初めて聞く話も多かった。信玄袋から色あせた写真を取り出した。
私はだまって聞くだけだった。そして、数葉の写真を預かった。
「この二枚は、一緒に棺に入れてほしい。」
生まれ育った室蘭のこと。初めての結婚、漁師町の暮らし。
私には兄になる人のこと、戦死したことも。私には初耳だった。

手術後は「集中治療室」。声はなく、ノートに文字を書き意志を伝えあった。
苦しげだった。「一日も早く死にたい」、ふるえるゆびで、そう書いてあった。
「すぐよくなるから、頑張りなさい」、そう伝えるのが、私には精一杯だった。
病室の窓から見えた「雪の大雪山」。生涯、私は忘れないだろう。
平成六年一月二十四日

十二　母を旭川厚生病院に見舞う（二）

名をよべど　こたえぬ母は　ひとりいま
白い荒野を　さまよいあるく

はく息の　せつなくあらく　たえだえに
遠くかすかに　夜汽車のように

たんをとり　うでなでそっと　脈をみて
あしおとひくく　看護婦がさる

夜をまう　そらいちめんの　蝶のよう
わたゆきがふる　あかしやの樹に

微かに残されていた意識も、次第に薄れていった。

「またひとりでどこかに、お迎えを捜しに出かけたんだ」

オシロスコープの針が無機質に、心臓の動きを伝えている。

静かな夜の病室に、喉から漏れる吐く息が、とても切なげに響く。

次第に低くよわく、まるで夜汽車が遠く去って行く寂しい音だった。


病院の外は大雪だった。庭の灯がアカシアの木を照らしている。

私には、この世にはない美しい光景を見ているように思えた。

空いちめんに白い蝶が舞い、つぎつぎとアカシアの木に舞い降りてくる。

「白い蝶々がお迎えに来たのだ」。白い翼の天使でも、白い象に乗った老人でもなく、白い蝶にのって、
お釈迦様がお迎えに来られたのだ。

「このアカシアの木は西方浄土への始発駅に違いない」

私はひとり、いつまでも雪が舞う天空を見上げていた。

平成六年二月七日

十三　野辺のおくり

杖をつき　みの笠かぶり　母はいく
和(やは)らかに雪ふる　きさらぎの夜に

白き顔　紅(こう)ひきわかれの　化粧する
佳人のむかし　おもいでしのびつ

しらかばの　林ひそやかに　雪がまい

僧の読経の　しじまにひびく

ぬぐえども　にじみ涙が　とどまらぬ

夜汽車の窓に　おもかげうかびて

二月十二日、東京は大雪の夜、母（林　ふさ子）逝去、享年八十七才。
翌十三日、旭川・神楽の「せせらぎホール」にて親族による通夜。
十四日、告別式。白樺林のなかの斎場にて荼毘に付す。
お世話になった方々に別れをつげ、位牌をだき、汽車にて札幌に向かう。
夜の札幌は吹雪だった。
平成六年二月十四日

十四　追憶の一九七〇年（竹中　晃さんのこと）

負けず嫌いの人だった
禍転じて福となせ
くやしさ、ハンディ活力に
燃え立ち、頑張る人だった。

修羅場に張り切る人だった
事件ときくと血が騒ぎ
身ぶり、手ぶりが冴えわたる
乱世の似合う人だった。

実務に長けた人だった
仕様、マニュアル諳んじて
あいまい、うっかり逃さない
きつい指摘の人だった。

不実を怒る人だった
地位や権限かさにきた
えらぶり、いじめ、たかりなど
絶対ゆるさぬ人だった。

好奇の強い人だった
なに、それ、どこでと口はさみ
それだけきくと、もう師匠
講釈かたる人だった。

哀しみわかる人だった
寮や警備のうらかたの
ざせつ、悲運の人達に
慕われ、励ます人だった。

洞察鋭い人だった
表裏、長短、分析し
おもしろ、おかしい人物評
楽しみ、教えた人だった。

隠しておれない人だった
だれ彼、つかまえ話しかけ
あとで、なにかと誤解され
心傷つく人だった。

結論急(せ)かす人だった
時間の無駄だ説明は
ズボンつりつり威嚇する
我慢がにが手の人だった。

従順、軽視の人だった
おまえの意見を要求し
それは何故か、と問い糺(ただ)す
自立を鍛えた人だった。

男に毒舌・けなしても
女性にやさしい人だった
恥じらい、距離おき、おずおずと
セクハラ無縁の人だった。

くじけず、ひがまず、前をみて
振り向かないで歩むこと
プリンス、村山の人達に
勇気を与えた人だった。

故・竹中　晃（あきら）氏、私の日産自動車・村山工場時代の上司・人事課長。
史上初の大型合併（一九六六・八）後の労働組合の対立、労働条件の統一など多事多難な疾風怒濤の
時代。最激戦区・村山の人事課長、歴戦の第一線指揮官だった。
平成六年三月二十三日　多摩斎場の告別式にて

十五　雪の王女のお嫁入り　（岡野　浩、西山美恵子さん結婚式）

・キリマンジャロの　山の上
　雪の家族が　住んでいた
はるかに遠い　高みから
　一羽の鷲が　舞いおりる
朝日に羽根が　キラメイテ
　王女の雪が　とけました

・岩山つたい　花畑
　涙ボロボロ　流れゆく
谷川くだり　滝となり
　飛沫（しぶき）をあげて渦をまく
何も見えない　川の霧
　「私はどうして　どこいくの」

・白いフクロウ　夜の森
　山の木霊（こだま）を伝えます
「貴女はお嫁に　なるのです
　今日から生命（いのち）の水の精
乾いた大地を　勇気づけ
　希望をあたえる　手助けを」

・マサイの少年　十二人
　長い槍もち　お出迎え
一緒にかける　豹のよう
　赤と茶色の　サバンナは
緑輝く　草原に
　みるみる生命が　甦る

・マサイの少女は　花を摘み
　忘れな草の　髪飾り
赤い大地の　想い出に
　野イチゴふたつ　エポレット
悲しいときは　耳もとで
　マサイの歌を　うたいます

・森の鳥たち　集まって
「喜びの歌」　始まると
山の教会　鐘が鳴り
　川面いちめん　花の霧
白いワニさん　背にのって
　雪の王女の　お嫁入り

ＰＨＰ「本当の時代」編集長、岡野　浩氏と日産・広報部、西山美恵子さんの結婚式のお祝いのスピーチに。
平成六年十一月十三日　東京・山の上ホテルにて

十六　永年勤続旅行（志摩、奈良、金沢、京都）にて

沖の灯に　筏しずかな　英虞（あご）の浦
料理長（しぇふ）の技冴（さ）える　志摩の海幸

つづら坂　王朝人も　室生寺の
紅葉こもれび　五重の塔に

茶の色の　丸首セーター　いそぎ買う
香林坊の　夜風つめたく

信楽の　赤絵の小壷　おぼろ月夜
蝶のいで舞う　里の記念に

志摩、奈良、金沢、京都。四泊五日の永年勤続旅行。

室生寺の五重の塔、寂光院の紅葉が印象に残っている。

春の朧月の夜、大原の里の菜の花畑には、白い蝶の群れが舞い立つ。

建礼門院を慕って、壇の浦に滅びた平家の公達の霊が蝶となって里に集まるのだと言う。信楽の小壺
はコーヒーシュガー入れに使っている。

平成六年十一月十八日

十七　橋本増治郎を想う

あれ野でも　いつかこの土地　花に満ち
たがやし種まき　若芽そだてる

君知るや　ＤＡＴの大志と　友情を
かたい信義が　工業拓(ひら)く

パイオニアの　苦労ささえし　妻や子の

喜び伝える　ミシンの傷よ

訪う人なき　先達の足跡　たずねゆき

豊島の郷土　記念展示に

橋本増治郎は、日産の源流を拓いた日本の自動車工業のパイオニアである。

鉄道、造船、製鉄、紡績などの日本の近代工業は、国営の事業としてスタートした。

しかし、自動車などの機械工業には、国家の保護や銀行の支援もなく、基盤としての部品工業もなく、材料の金属も満足には手に入らない時代だった。

舶来品崇拝の時代、国産の自動車を買ってくれる人は少なかった。

日本の自動車の歴史は、赤字と倒産の歴史でもあった。その中で唯一、橋本の『快進社』だけが、苦難に耐え、明治、大正、昭和と事業を続け、工業の礎を造った。

田健治郎（D）、青山録郎（A）、竹内明太郎（T）の友情と支援がこれを支えた。

平成六年九月、東京豊島区の郷土資料館では、「町工場の履歴書」というテーマの特別展が開催された。担当の学芸員は横山恵美さん。

快進社の展示品の中に、古びた一台の手動、卓上式の「シンガーミシン」があった。

橋本夫人が生地を裁断、工員ひとり一人の寸法に合わせ作業服を縫ったミシンだった。

平成六年十一月二十日

十八　飛鷹　ヒサさんの葬儀にて

もぎたての　大地の味よ　これがその
手籠いっぱいに　とまとかかえて

はなをめで　はないつくしみ　はなのよう
ひまわりににて　ふりぃじぁにも

こにわびる　ははのてがみを　ゆめうつつ
北斗の星を夜空にさがす

まごやひこも　にぎわいつどう　僧堂の
林しずかに　こなゆきが舞う

旭川の近郊、鷹栖(たかす)町、トマトジュース「狼のもも」の産地。

赤いレンガの洋館には、いつも大きな笑い声が家中に満ちていた。

庭と畑は、いつも季節の花がいっぱいだった。豊穣の大地、丹精し育てた野菜や果物。とまと、南瓜、なす、きうり、とうもろこし。叔母が自慢の北の大地の味だった。

私達の家族は、いつも大歓迎された。ひまわりのような、明るくあたたかな人だった。

親戚、友人、ご近所の人達。とても、にぎやかで盛大な葬儀だった。

誰からも好かれ慕われた人だった。旭川市大道寺、僧堂をこな雪が降りつつんでいた。

平成六年十二月十日

十九　山口　修一君の送別会

オリオンの　三つ星きよらに　よりつどう
みとせのむかしに　ときもとまって

船出する　君の前途に　祝福を
神よ海路に　松明（あかり）ともして

せつなくば　いつでもここに　寄りたまえ

友よ闇夜に　しずむことなく

福寿草　黄色小さな　花ひらく

吹雪の山の　冬をたえきて

一流大学を出て人柄も良く能力も高いのに、会社ではいま一つ評価されない人がいる。もし、別の仕事を選んでいたら、他の職場に配属されていたら、新入社員の時に違う上司先輩についていたら、会社人生も変わっていたに違いない、と思う。

誠実、まじめなだけに手をぬけない。熱中のあまり一つの考えにのめり込み、仕事の機を失してしまう。書類やデータでなく、対人折衝や活動的な仕事なら輝くタイプである。

ある時期まで、日産の調査部はエリート集団だった。トップのスタッフとして、日本経済・産業のグランドデザインを描く。しかし次第に、ラインから外れ、ただ自意識だけが強い集団になっていた。

彼は三年前に購買部門へ異動、この度退職することになった。

昔の仲間、山口、西山、平川、杉原、下風、ゲスト立山が送別会に集まった。

平成六年十二月十九日　築地・藤よしにて

二十　八田　真美子さんの賀状に

ｍａｍｉという　サインの入りし　花札の
いのししの顔　やさしくかわいく

テキパキと　電話片手に　メモをとる
涼しげな瞳に　エスプリ秘めて

福寿草　みゆきにたえて　花つぼみ
はなさく春の　近しを告げぬ

ものおもう　君は若き日の　母に似て
三条寺町　わびすけの花

広報部に変わって間もなく、会合で三越本店のある部長さんから
「日産の広報には八田真美子さんが、塾の後輩、ゼミが一緒だったのです」

と挨拶されたが、私は何も知らず、応対が出来なかった。

百人を越える部員がいた。彼女はその中で花形のテレビ媒体の担当だった。

聡明でとても優しいお人柄。フランス人形の様に色白、可愛いらしいお嬢様だった。

少し蔭も。東大医学部出のお医者様と理想の結婚、しかしすぐ別れた頃だった。

私は炬燵に入りながら賀状を眺め、北国の雪の下の福寿草を想い出していた。

春はすぐやって来た。ＮＨＫの衛星放送が始まり「日本列島ふるさと発」の担当にスカウトされ、そして良き人生の伴侶にも恵まれた。嬉しくもあり、とても残念な事だった。

平成七年　元旦

二十一　佐藤捷一さんの追憶・断章

・夜の新宿を歩くと、捷一さんのこと想い出すよ。
「若い男二人なのに、客引きも寄ってこない、
　きっと　刑事と思われているんだ」
ネオンの街に、'悲しみのビートルズ' 流れていたね。

・フォード・フェアレーン、プリムス・フューリー
「早く、日本でも、あんな車　つくりたいんだ。
まだ、まだ、日米の技術の格差　とても大きいのだよ」
あの日の横田基地、コスモス咲いていたね。

・捷一さん、四地区の型設計課長の時だった。
「データ一元化は　新しい技術の開発よりも
モデルや小型機械の人達のことが難しくなる」
川の向こう岸のことも、いつも考えていたんだね。

・ブルーバード（910）のモデルチェンジ。
「設変（せっぺん）、部品の遅れ、みんな試作班に　しわが寄る。
事故を起こすと‚工機に帰れ‘と　声が粗いのだ」
あの支部長のこと、憶えてる？

・ハンディキャップの少女のことも、忘れてはいないよ。
「結婚に自信がない、なぜ生んだの、とつい母につらく当たり、
泣いている、なぜか　とても心配なのだよ」
白い椿のような可憐な子だったね。

・いつかのダイフェイスの教え、覚えているよ。
「このビードが、型づくりの生命なのだ。
弛むとしわになり、すぎると裂（さ）け、割（わ）れてしまう」
あの細い凸（やま）と凹（かわ）の線が、鋼を緊（し）めていたんだね。

・青物横町に電車が停まると、きっと想い出すよ。
「今日は、とても楽しかった、ありがとう。
あれ、なんという　バラ？」
一九九四・七・二　あの笑顔が最後だったね。

平成七年一月二十四日　故・佐藤捷一（しょういち）さんの通夜の日

二十二　安達　恵子さんの葬儀の日に

いまはもう　すべてをおへし　君なれば

やすらけくして　神のみもとに

せまりくる　死をみつめつつ　最後まで

みなにやさしく　ほほえみながら

みちづれを　さがしもとめし　つまのもと
やっこと叫ぶ　声よとどけと

なきひとは　ソフィアをかける　永遠（とこしえ）の
少女の像に　かみなびかせて

ミサの終わりに、喪主・安達二郎さんのご挨拶があった。
病気のこと、亡き妻への思いなど、心情胸を強くうつものだった。
私は、むかし子供たちに読んだ、アンデルセン童話の一節を想い浮かべていた。
白い翼の天使に導かれて、神の国への階段を登って行くシーンである。
奥様は、夫の呼び声にいくども、その度にふり返りながら、天上に昇ったに違いない。
葬儀の後、上智大学の構内を歩いていて、可愛いらしい少女の像に出会った。
私には、奥様の子供の頃のイメージに重なるように思えた。
「永遠の少女」、そよ風に駆ける金色の横顔が、とても素敵な女の子の像だった。
平成七年一月二十六日　聖イグナチオ教会にて

二十三　スター・コムの夏休み、奥飛騨紀行

（松本、上高地、平湯、高山の旅）

たのそばの　顔もおぼろな　道祖神

旅の辛苦（しんく）を　いくとせいやす

天蒼（あお）く　穂高焼岳（やきだけ）　森に池

草花川苔（そうかかわごけ）　みな霊（れい）やどす

湯のやどの　ゆけむり遠くの　笛たいこ
飛騨のやま路を　つたいて響く

朝いちの　飛騨の方言（ことば）を　手にとって
童女（わらべ）の笑顔　妻はほほえむ

九月、松本での「斎藤記念オーケストラ」が狙いだったが、切符が入手できず断念。松本は、国宝のお城よりも松本民芸館、家具や陶器、苔むした道祖神に心引かれた。

上高地は神の造った最高傑作。山川、樹木の全てに神の霊が宿っている所だった。

絵でも、写真でも情景の表現が難しいこの地を、三十一文字に試みる。

平湯は奥飛騨温泉郷の入口、野天風呂に一人、遠くの笛、太鼓の響きが心地良かった。

朝市の賑わい、骨董店、渋草焼。高山は何度来ても素敵な街、妻の所感だった。

平成七年九月八日

二十四　スター・コム大阪ＨＵＢにて

蒼空に　電波を飛ばす　塔に立つ
明石淡路は　はるかかすみて

西南の　乱に備えて　砲つくる
人と技術を　この地に植えて

大阪の　ようこ姫かしずく　三勇士
ゆきむら又兵衛　猿飛佐助

残照に　お掘りの水は　故事のまま
橋ながれても　みずは流れず

大阪ビジネスパーク・ナショナルタワービルに大阪ＨＵＢがある。

屋上、７ｍΦのカセグレンアンテナから、ＪＣＳＡＴ２号衛星に電波を送っている。

真下に大阪城公園、遠くには明石、淡路が見える。秀吉のような大きな気分になる。

明治維新、大村益次郎はこの地に、西からの乱に備えて大阪砲兵工廠を置いた。

西南の役、日清・日露戦争の山砲・野砲はここで造られた。

明治・大正期の日本最大、最新の技術センターでもあり、ここを源に多くの人材と技術が関西の各地に広がり流れて、新しい産業や工業を興す中核となった。

天守閣を見下ろすスター・コム大阪支店には、三名の勇士（金谷貞明、今井孝男、藤岡一幸）、そして紅一点、黒木洋子さんが勤務している。

平成七年九月二十五日

二十五　横須賀市民病院にて内視鏡検査を受ける

断頭台　わが運命の　かねの音
ベルリオーズの　終章ひびく

無機しつに　血圧麻酔　喉のおく
カメラが光る　内視鏡室

闇走る　おおかみのごと　白きゆび
押し引きねじり　シャッターを切る

むせかえり　ひたいに汗が　咳こんで
胸はむかつき　涙がにじむ

年号が平成に変わった直後、胃に穴があいた。夜中に喀血、急性胃潰瘍だった。救急車が呼ばれ、私は救急隊員に「横須賀市民病院」を頼んだ。

「最後の海軍大将、井上成美」を読み、死の時は海の見える同じあの病院と決めていた。出血が多く、手術中に心臓が八秒停止。「十二秒以上は植物人間に」と妻は宣告された。退院後も、「腸閉塞」で入退院を繰返し、主治医の久保　章先生のお世話になっている。検査には慣れっこだったが「内視鏡検査」には往生。もうこりごりの思いがした。

平成七年九月三十日

二十六　産経懇名誉会長・堀井清章氏のこと

荒れはてし　くにの未来を　交易に
時代の怒濤　船団（ふね）のかじとる

鉄鋼に　電力石油　自動車と
くにの基幹の　強者（つわもの）リードし

吾妻鏡（あずまかがみ）　若き子らさそいて　よみすすむ
むかしの威風　いまに咀嚼し

きわめぬく　ものの本質　ことの源（もと）
古書に古人（こじん）の　あとをたずねて

堀井　清章氏（産業経済懇談会名誉会長）逝去。享年八十八才。

三井物産は、戦後ＧＨＱの占領政策により解体されたが、氏は「貿易振興による日本の再建」を旗印に物産の統合を推進、更には貿易各社のスタッフによる「水曜会」を結成するなど、戦後日本の産業、経済の復興戦略を立案した名参謀、最前線の指揮官だった。

「産経懇」は、通産省を核に基幹産業から、一業種代表一社のチーフスタッフの会。氏は結成時（昭和二十六年十一月）からの中心メンバーの一人。会長職を四十年間務め、八十五才まで現役。毎月の例会は一度として欠かすことなく出席された。

「貿易」と「エネルギー」の分野に造詣が深く、東西を視野に入れ洞察、分析された。定年後は鎌倉、光明寺にて仏典の研究会、鎌倉幕府の正史「吾妻鏡」の読書会を主催。古今の学殖に通じ、寛仁なお人柄で誰からも敬愛された。

平成七年十月八日

二十七　東興図書サービスのこと

みせをたたむ　決意いく夜も　揺れうごく
不況のよかぜ　つまと耐えきて

せまくとも　じぶんのみせを　いつかまた
ゆめよみがえる　あさをいのりつ

この辞書も　れきし文学　文庫本
きみのみせより　とつぎし知性

あのころの　あのこあのひと　ゆびかぞえ
みなの笑顔を　おくることばに

日産・本社ビル新館四階の社員食堂に隣接した本屋さんがあった。
「東興図書サービス」、前田忠昭氏が経営者、このたび店じまい。
お世話になった有志によるささやかな集いがもたれた。
平成七年十月三十一日

二十八　藤井　明君の追憶・断章

こな雪舞う　北十八条の　停車場（ていしゃば）に
ひとり遅れし　われをまち立つ

君にあう　三十二年の　はる四月
北大文類　一年四組

農学校の　アンビション慕い　学舎(まなびや)に
若き葦の子　風そよぎ立つ

暗黒の　闇にむかいて　沸(に)えたぎる
樺(かんば)　美智子の　倒れし夜は

にこやかに　微笑みながら　でもしかし

赤き革命　わが志にあらずと

手稲山　夕焼け仰ぐ　エルムの樹

その影つたい　恵迪（けいてき）寮へ

どの壁も　あし跡、跡、跡　青春の
ゆめと挫折と　決意のきろく

ラーメンと　寝ばな起こされ　雪の夜を
「囲炉裏（いろり）」をめざす　寮歌うたいて

肩をくみ　きみと小樽の　街をゆく
対抗戦の　勝利の宴

みず芭蕉　ましろ清楚な　はるの精
創成川の　流れのほとり

あかしやの　はなさく春よ　にれの樹も
ポプラ並木も　みどり輝く

薄野(すすきの)の　夜のにぎわいの　チラシまき
情けの機微を　地を這(は)い学ぶ

チャイコフスキー　君のたからの　ＬＰの
あの響きにいま　涙ながれる

さらさらと　ゆびをこぼれる　砂のごと
きみのおもいで　ながれさりゆく

きみのいない　石狩の浜は　ひともなく
浜薔薇（はまなす）の花も　砂にうもれぬ

馬上杯に　琥珀（こはく）のモルト　封を切る
ここは柳の　渭城（うじょう）の客舎（かくしゃ）

なんで俺が　悔やみせつなさ　こみあげて

酒に涙が　つたいておちる

君はいま　生命（いのち）の讃歌よ　残りの日々を

妻とつれだち　もりの精撮（と）る

かたみとて　なにのこすなむ　野の花に
あたたかなひかり　そよかぜそえて

さくさくと　新雪をふみ　森の中へ
きみはひとすじの　あしあとのこし

朱の袈裟(けさ)の　清らな導師(どうし)　みひかりに
正信念仏偈(しょうしんねんぶつげ)　きみをみちびく

水平線　のどけき春の　しろ雲は
君の浄土の　愛車のように

藤井　明君、平成八年一月三十日逝去、享年五十九才。

二月一日、伊東市「さとみ斎場」にて告別式。導師は築地本願寺・田久保園子さん。ご家族と共に励まし、最後まで故人の心の支えになった方だった。

昭和三十六年、日本ＩＢＭに入社。日本経済の近代化、主に銀行のオンライン化等を担当。優秀な最前線のスタッフ、歴戦の第一線指揮官だった。

平成元年、直腸がんに。手術、退院、転移を繰り返し、ついに鬼籍に入る。

和らかで懐が大きく、いつもぬくもりのある大人だった。

とにかく、どこまでも他人に親切でやさしい心の持ち主だった。

学識は高く、ものごとの本質を深く考察できる友人だった。

そして、誰からも愛され慕われ、幸せな人生を送った男だった。（合掌）

平成八年二月二十九日

二十九　今村　成和先生の追憶

三十路（みそじ）すぎて　学問の道　あゆまんと
かたの雪はらう　北国の街に

若き日の　結核禍福（かふく）の　うらおもて
塞翁（さいおう）が馬よと　われを励ます

アジデモに　みぎにひだりと　教授会
怯(ひる)まず屈(くっ)せず　楡(にれ)の樹のように

団交の　夜などくるまり　泊まりこむと
図書館長室の　毛布ゆびさす

夏ゼミの　延長戦は　のどごしの
あじもさえゆく　判例討議

高潔で　品格のある　アンビシャス
若き子巣立つ　贈る言葉に

師はいつも　おだやかきよらな　川のごと
ときにさかまき　嵐を呼ぶも

墨かおる　手彫りの賀状　教え子に
北の家族の　ぬくもりそえて

十月十三日、恩師・今村成和先生逝去。京城市の生まれ、享年八十三才。

昭和十二年、東京大学法学部卒業。三菱商事十年、戦後、公正取引委員会二年を経て二十五年に、新設の北大法文学部講師。その後、法学部教授。

安保闘争時は法学部長、大学紛争時は中央図書館長、堀内学長補佐。

五十年から五十六年は北大学長。学士院会員。いずれも北大文科系では初めての事例。専門は行政法と経済法。通説や既存の概念にとらわれず、過去、現在から未来を視点に入れた「望遠レンズ」のような見解。学・官から広く市民サイドにまで焦点を絞った「広角レンズ」のような見識が斬新で魅力的だった。

「行政法ゼミ」の指導は厳しく点は辛かったが、空沼岳に一緒に登ったり、ゼミを早めに切上げて、植物園の芝生や狸小路のビアホールでの延長戦など、三十五年の昔、有斐閣の法律学全集、「国家賠償法」(三十二年)と「独占禁止法」(三十八年)の中間の時期、先生も若く新進気鋭の学者だった。その頃の想い出は尽きない。

写真の腕もプロ級。北大構内や植物園の草花の写真は新鮮、とても素敵だった。

新年、教え子達は先生手彫りの年賀状を手にするのが楽しみだった。

平成八年十月十五日　先生葬儀の日に

三十　追憶・小浜　久社長のこと

そよかぜの　ように耳もと　とおりすぎ
わかれもつげず　旅だちゆきぬ

民営化の　さきがけ政治の　裏おもて
押し引き頸枷（くびき）の　鎖（くさり）を解（と）きぬ

泡(ばぶる)　はじけ　船浮き沈む　冬の海の
舳先(へさき)にたちて　阿修羅(あしゅら)のごとく

さいごまで　めげずくやまず　死のやまい
あのひとらしく　ぐちもこぼさず

十一月十日の創業記念日、小浜　久氏逝去。享年、六十二才。

昭和三十三年中央大学卒、日本電信電話公社に入社。

ＮＴＴ民営化時代の総裁室調査役等の要職を歴任。

平成二年よりスター・コミュニケーションズ（株）出向。同四年から代表取締役社長。苦難期の経営を担当、再建。衛星通信業界初の黒字化を達成した。

大胆にして細心、クールヘッドでウォームハートの指揮官だった。

戦国時代の武将のようなロマンを感じさせ、負けん気が強く戦上手の男だった。

歌舞伎役者のような男前で凛とした容姿、にこやかな笑顔にファンも多かった。

部下をよく叱ったが、鬼手仏心の人。誰からも慕われ敬愛、畏敬されていた。

平成八年五月、発病。六月二十八日の株主総会の議長が最後の仕事になった。

見舞いを断り、病状は一切知らせず、葬儀もごく限られた親族のみによる密葬。

最後まで男の美学を貫き通した生涯だった。（合掌）

平成八年十一月十三日

三十一　平田　真美さんの京劇を見る

ようこそと　いらっしゃいませ　こえふるえ
笑顔さわやかに　開演つげぬ

そらをかける　星の王子よ　きらきらと
天女のように　うつくしきひと

あせひかり　いきはずませて　司会役
剣士の舞の　衣装のままで

舞台化粧　小道具鑼(どら)の音(ね)　楽屋口に
素顔やさしく　きみあらわれぬ

十一月二十三日、東京的京劇・京劇研究会第八回公演。

東京都港区の麻布区民センターホールにて

平田真美さん（スター・コミュニケーションズ（株）の経理担当。長崎県出身の長身で清楚可憐な宝塚スターのような素敵なお嬢さん）が京劇舞踊「長穂剣」を舞う。

彼女は、開演のアナウンス、特別ゲストの紹介と一人三役の活躍だった。

六本木の街にはクリスマスの音楽が流れていた。

平成八年十一月二十四日

三十二　ウイリアム・ゴーハムの取材に

二十世紀　工業の神々の　福音（ふくいん）を
つたえる使命　帰化しつらぬく

なやみぬく　祖国にかえる子のみらい
反逆者の子　裏切者の子よと

なぜひとは　憎しみ殺すか　敵味方
われは「波（なみ）」と「武（ぶ）」の　こころの橋に

荒れはてし　焼け跡にたちて　神に問う
この国の明日（あした）　道はいずこと

平成九年一月、成人の日のＴＢＳ特番「コロンブスのゆで卵」の取材を受ける。

『ウイリアム・ゴーハム』、大正七年、三十才、家族と共に来日。

日産自動車の創立者・鮎川義介の右腕として、自動車、部品、通信機、工作機械など日本工業の黎明期、その源流を切り拓いた偉大な功績者だった。

機械の神様と呼ばれ、あたかも二十世紀アメリカ産業界の神々・電気のエジソンと自動車のフォードの福音を日本に伝えた天才エンジニアだった。

戦後は日産の専務・本社工場長、工業の再建による敗戦日本復興の先頭に立った。

日米開戦の直前、二人の子供はアメリカに、夫婦は日本に帰化の道を選んだ。

日本名は『合波武克人』、夫人は翠（みどり）。「波」は海の彼方のアメリカを、「武」は武士の国・日本を、「合」は和合、こころの架け橋を意味する。

夫人ヘーゼルさんは活け花、人形、陶芸など日本の伝統文化を英文書籍にし、広く海外に紹介した草分けの一人。子息ダン・ゴーハム氏によれば、ゴーハムのこの世での最後の言葉は「神への祈りと日本への感謝だった」という。

いま夫妻は多摩霊園に眠る。

平成八年十二月十二日

三十三　深江ゆかさんのシャンソンを聞く

キャンドルに　ほほえみゆらぎ　横顔を
あわくそめゆく　ワインのぐらす

さくらんぼの　実のみのる頃　くちずけを
ミッテランが愛した　かの歌響く

いつどこで　誰がそばにて　くちずさむ
リリマレーンの歌　聞きそめしころ

三十年の　たびじの感謝　そよかぜに
あすの海路の　ご加護いのりつ

来年の八月三日で結婚三十年。初めてのクリスマス・ディナー。

「深江ゆか」さんのシャンソンを、七里ケ浜の鎌倉プリンスホテルで聞く。

妻の友人、加藤さんと脇上さんが一緒、楽しいテーブルだった。

伴奏もピアノ、アコーディオンにドラム、ベース、ギターも加わりクリスマスのためのフランス国籍の色薄いシャンソンのように思えた。

伊豆半島、江ノ島は見えず、相模湾の夜風がとても冷たかった。

平成八年十二月二十二日

三十四　横須賀市民病院の年末・年始

遠ざかる　沖の白波　キバをむき
激しい痛み　またうち寄せる

大晦日　夜の病棟　音も絶え
生・老・病・死の鐘　耳ちかくに鳴る

あと十年は　いのちつきあい　ながらえてと

背をなでつまは　ほほよせせがむ

よくかんで　むりせずあせらず　むちゃをせず

冬日あたため　回診おわる

平成八年十二月二十九日夜、激しい腹痛。妻の運転で横須賀市民病院へ。

救急病棟に入院、腸閉塞だった。外科病棟に移る。

担当医は久保　章先生、平成元年の胃潰瘍手術以来、主治医のようにお世話になっている。

年末・年始の病棟は、患者も少なく静かだった。

生後、幾度となく大病を繰り返したが、初めて自分の意識の上で、死と直面する。

年が明け、一月二十八日に退院。二月十六日まで自宅療養。

平成九年二月十七日

三十五　中川明子さんのご結婚のお祝いに

貝あつめ　浜辺に遊ぶ　子供らの
こえ潮風に　ききし日のこと

砂山の　土筆の子らは　青い海
蒼い空へと　巣立ちてゆきぬ

はつもうでの　まちのはつ春　花だより
はなひらく日を　そよかぜにきく

雨の日も　めげずくじけず　あきらめず
風つめたくも　笑顔やさしく

日産辻堂家族アパート時代の隣家、中川泰彦・成子ご夫妻の長女・明子さんがご結婚。本が好きで、リボンの可愛い少女だった。二十数年の昔、二年間の近所付き合い。

社宅は辻堂海浜公園に隣接。海と砂浜、野原、池や橋と就学前、両家の四人の子供達の格好の遊び場が近くにあった。三階のベランダからは相模の海、正面に伊豆大島、左右に江ノ島、伊豆半島、箱根の山々がワイドに見えた。

鎌倉と横須賀。住まいは遠くなったが、八幡宮への初詣の帰りなどにお目にかかる。

明子さんは慶応・工学部（機械）出身。ソニー技術研究所の若きエンジニア。

祖父・父に継いで、技術開発の最前線、時代の最先端のお仕事を担当している。

名前のように、明るく聡明、清楚で美しい、とても素敵なお嬢さん。

平成九年三月十六日

三十六　諫早湾の干拓に思う

堰（せき）をとじる　干潟の映像　切り刻む
いたわりやさしさ　いきものいのち

いずこ行く　制度疲労の　この仕組み
組織とひとの　ごう慢のせて

いつかまた　訪ねむ気持　しぼみゆく

ありあけの海に　長崎のまち

言霊（ことだま）よ　蘇（よみがえ）りきたれ　ありあけの

干潟に憂（うれ）う　いのりの歌に

諫早湾の干拓の論議に想い起こすのは、三十六年前の今日、昭和三十六年四月に長崎、佐賀両県巡幸の途上、昭和天皇が有明海の干拓をご覧になられよまれた「御製」

めづらしき海蝸牛(うみまいまい)も海茸(うみたけ)もほろびゆく日のながれをいのる

生きるもの、自然や万物への限りない優しさと温かさを感じさせてくれる歌。一人の生物学者としての憂いでもあり、神に最も近かった人の願いでもある。

ことが進み、私達が失うものはムツゴロウだけではないのであろう。

平成九年四月二十一日

三十七　さようなら高尾　洋さん

六年に　五度の手術を　耐えしのび
やすらかにこよい　神に召されぬ

骨きしむ　みなの期待を　背に負いて
研究室の窓は　深夜も灯ともす

中途採用　部下たちの将来　気掛かりと
責任の二文字に　おもいにじみて

さわやかな　きみのほほえみ　谷川の
かわきにあえぐ　鹿たちのみず

高尾　洋さん、四月二十日、横浜市大付属浦舟病院にて逝去。五十五年の生涯だった。

私の日産・中央研究所時代の、困った時の相談相手、ゴルフと音楽の先生でもあった。

一九七〇年大気清浄化法（マスキー法案）は、ＨＣ、ＣＯ、ＮＯｘを十分の一に削減という過酷な大障壁だった。三元触媒システムが本命に浮上、電子制御によるエンジンの燃焼技術が世に初めて採用された。一連の排気対策の研究の中で、最も困難を極め、自動車メーカー各社を悩ませたのが「初物」の『酸素センサー』の開発だった。

高尾さんは、その主任研究員、排気対策・最激戦区の若き指揮官だった。

その後、基礎研究所長等、時代と技術の最前線の研究職を歴任。

高尾さんと話すと、彼の微笑みの幅射熱で、いつも身も心も温められる思いがした。

「Ｎｅｘｔ　Ｆｏｒｔ」アメリカ騎兵隊の別離の儀式をまねて、高尾さんに別れをいう。

平成九年四月二十二日　横浜山手聖公会にて

三十八　信濃路の旅

子らをつれ　枝たわませて　となり木へ
ましらのむれは　森の道ゆく

たたかいの　哀しみの日々に　書き綴る
敵と味方の　こころの橋を

かぜ薫り　みどりやさしい　信濃路の

花の木樹の実を　旅の記念に

あとになり　さきだちあゆむ　銀色の

はるかな道を　きょうも連れ立つ

オフシーズンの軽井沢は、人も少なくとても静かだった。

日本猿の群が頭上の樹々のこずえ高く、からまつの林を横切っていく。

高級別荘地の所々に、人の気配の全くない荒れ果てた屋敷跡がある。

おそらく、こんな別荘のどこかに戦時中、ゴーハム夫人（帰化日本名・合波武翠（みどり））は特高の監視の下、敵性外国人として幽閉されていた。昼も暗い日々の毎日、夫人は一人何を考えていたのだろうか。夫や帰国した二人の息子の事。そして一日の大半の時間は「活花大観」「日本の陶器」など日本の伝統・文化をアメリカに紹介する英文の著作を纏めていたに違いない。もう二度と日米間に不幸な戦争を起さないために。二つの国がお互いに、相手の国のことをよく知り合えば、銃を手にし殺し合うことはないのだと。

軽井沢の散歩で考えた、これが私の結論だった。

結婚三十年。信濃路（軽井沢、長野）二泊三日の旅。

平成九年六月十六日

三十九　工機・七夕のつどい

ローズタウン　失敗の事例に　甦(よみがえ)る

高杉普作　奇兵の歴史

上(うえ)・下(した)の　差別の歴史　薄れゆく

技術と技能　言葉の響き

生麦(なまむぎ)の　路地のにぎわいに　うなづいて
ちょっとと立ち寄る　あのかどの店

君と二人　悦(よろこ)び手をとり　涙した
わが青春の　夏物語

世界の過半を占める日本のロボット。そのＭＥ技術が世に登場したのは、一九七一年ＧＭのローズタウン工場、小型車ベガの生産現場だった。六十七日、ＵＡＷの長期ストでＧＭの小型車戦略は挫折。労働者のロボット忌避が原因といわれた。

根本要因は、技術革新による新しい業務の領域（プログラミング、ティーチング等）の質と量に、ＧＭの限られた少数のエンジニアでは対応できなかったことにあった。

日産の工機工場では、現場の高卒の技能員を設計学校等で再教育、その要員に充てた。

時代の変革期、旧来の武士ではなく百姓、相撲取りを鉄砲で武装し、回天の駆動力に変えた「高杉普作の奇兵隊」の故事に学んだ日本の創案。自来、世はこれに倣う。

ＭＥ技術は現場の「言葉」も変えた。ＮＣ、ソフト等、英語とカナ文字が急増した。反面、熟練を要する仕事の手順、急所を意味する言葉は職場から静かに消えていった。言葉の比重も変わった。「技術と技能」、この二つの言葉には隔絶した距離があった。

「技術」は、少数の高等教育を受けた技師（エンジニア）の世界。「技能」は昔からの職人、工員の領分、戦前の大会社では、給与の体系や食堂・便所も別々だったという。

ＭＥは両者の溝を埋め、技術と技能を、「協力と対等」の関係に変えていった。

「技術の日産」の時代。工機工場は技術革新の影響が世に先駆けて現れる職場だった。

毎年、七月七日の夕、昔の工機の仲間達が銀座「ジョン万次郎」に集まってくる。

平成九年七月七日

四十　米海軍第七艦隊旗艦・ブルーリッジにて

ウエルカムと　笑顔爽やかに　金髪の

若き中尉は　艦橋に立つ

フラットな　デッキの旗艦に　砲はなく

えものを捜す　レーダーの群

研ぎ澄ます　瞬時のデータ　耳と目を
動乱の兆し　敵の気配に

砲声の　なり響く前夜　音もなく
妻たち静かに　街を去りゆく

横須賀に移り住んだのは二十四年前、米ソの冷戦時代だった。

「第三次大戦が始まれば、ソ連製ミサイルの飛来第一号は横須賀だろう。そしてその標的は旗艦ブルーリッジに相違ない」と。「しかし、基地の周辺には迎撃ミサイルの防御網が二重、三重に張り巡らされていて、逆に日本で一番の安全地帯なのかもしれない」とも。

エンタープライズ、ワシントンなどの空母群を擁する第七艦隊の威力は圧倒的だった。幾度かの朝鮮半島や台湾海峡の危機に際しても、第七艦隊が近海に待機するだけで事態は平穏を取り戻した。「抑止」と「前方防衛」の役割を果たしていたのである。

乗艦して目に入ったのは、通信タワーとレーダー群だった。大砲など交信の障害になる凹凸の構造物のないフラットデッキ。戦艦大和とは、正反対のイメージの旗艦だった。

船首に巡航ミサイルのトマホークが一基、高射砲が二門、申し訳程度に配備されていた。多分、この艦の主たる兵装は、デッキの下のスーパーコンピューター群と空の偵察衛星、軍事衛星群なのだろう。

七年前、砂漠の国で戦争があった時、近所に住む基地のシビリアンの家族は、ある日音もなく静かに、この町から姿を消していた。黄色いリボンも、近所への挨拶もなく。

「おそらく近日中に、砂漠の国で地上戦が始まるに違いない」。私はそう感じていた。

冷戦時代、戦闘マニュアルの第一ページは、家族の避難と安全確保だったに違いない。

横須賀に住んでいると、ある種の感性が研ぎ澄まされる。

平成九年九月二十九日

四十一　二人目の孫娘・物井ひなたちゃんの誕生

つきはやい　サンタクロースの　おくりもの
天使のはねに　赤子つつまれ

むぎの葉に　やどる朝露　きよらかな
いのちのひかり　きみの瞳は

さずかりし　ちいさきいのち　こわごわと
そっと寝顔を　わが腕にだく

いつみても　いつまでみても　おさな子は
あわいふしぎな　ひかりにみちて

平成九年十一月二十四日、物井啓明・博子の次女（ひなた）が誕生。
クリスマスの予定日よりひと月早い生まれだったが、母子共に健やかな出産だった。
横須賀市民病院の保育室。ガラス窓越しに見る赤ちゃんは、保育器の中からご挨拶。早めの到来を、
手と足を大きく動かしながら、元気な泣き声で告げていた。
肥立ちも良く、体重も順調に増え、十日ほどで退院し、年内とお正月はわが家に。
孫娘のため、きれいにお掃除をした静かな和室より、台所の話し声も聞こえ、家族の出入りの多い炬
燵のある居間のほうが、もう一人前に、とてもキゲンがよいのである。
赤ちゃんは、ねむり、泣き笑い、むずがる。私は、表情のひとつ一つに魅せられる。いつもいつまで見
ても、ふしぎなとてもふしぎな「いのちのひかり」に包まれている。
ひなたは誰に似たのか、涼しげな瞳に鼻すじもスッキリと通っている。
「姉の夏実はオリンピックの水泳の選手、妹のひなたは宝塚のスターに」
ジジの夢は限りない。しかし、ゆめは夢として、いつも姉妹なかよく元気に遊び、絵本のすきな、リ
ボンの可愛い女の子に育ってほしいと願っている。
平成九年十二月十二日

四十二　ニッサンの歴史と共に（宇野軍司さんの生涯）

砂はらに　杭打つ会社の　創業に
応募一番　受付に立つ

ダットサン　箱根の坂道　カーブ切る
性能テストに　紅葉も燃えて

トラブルに　苦情に設計　技師達と

巡回サービス　日本を廻る

血は奔る　骨折の体　多摩川の

自動車レースの　歓喜の中に

部下率い　上海・南京　天津と
日華事変の　部隊の整備

支那軍の　服着て支那の　若者に
修理教えて　引揚船待つ

多賀の濱　塩焚き水飴　紙芝居
時節の到来　身を寄せ凌ぐ

体張り　手をのべたすけ　種を蒔き
荒れ野はげ山　得意先の樹々に

妻と子と　よめむこまごに　ひこたちも
こころひとつに　県下の一を

いまもまだ　あくまで気持　現役と
修理の急所　孫に教える

風雪を　耐えぬき親切　和気・笑顔

宇野自動車の　家に満ちおり

だいすきな　くるまとともに　青き山の

やまなみはるかに　ひとすじの道

日産自動車の「職番・一番」は、茨城県の宇野自動車整備工場の社長、宇野軍司さん。

日産ＯＢの神辺須紀正氏の紹介。ニッサンニュース編集室の依頼があり、お目にかかる。

八十四歳、現役の社長。波乱万丈の人生は、そのまま一巻の物語にもなる人だった。

その一端を社内報に紹介（別添）。一期一会、あの日から三年余の歳月が流れていた。

平成十年二月二十五日

私は職番一番の宇野軍司です

初代ブルーバードと共に現役でご活躍中

宇野さん、八十四歳は日立市で宇野自動車整備工場を経営。

奥さん、子供、孫を含め従業員は二十五名、現役の社長さんである。

新車の販売も茨城県、三十数社の指定サービス工場の中では、常に一番か二番、日産車と共に人生を歩んできました。

自動車との最初の出逢いは、昭和の初期、地方では自動車を見かけることさえ珍しかった頃のこと。

田舎の道端で軍のトラックが故障し兵隊さんが修理をしていた。ホイールは木製、ソリッドタイヤをボルト締めしていた。それ故よく外れたのである。

今もその様子を鮮明に憶えているほど、強い衝撃を宇野少年に与えたのだった。

あこがれても自動車は高嶺の花、とても手がとどかない。やっとのことで中古のオートバイ（インディアン号）を手にいれ、機械をいじり、得意になって乗り廻した。

高嶺の花、自動車が身近に舞い下りてきた。

当時は海外へ移民が大勢でかけていったが、メキシコで漁師として成功した人達が村に消防自動車を寄付したのである。しかし運転できる人がいない。活版屋の倅が運転手に、宇野少年が助手を志願し採用された。運転免許は県庁のある水戸まで、何とかして運んでいけば、それでＯＫとなり免許がもらえた。

二十歳、兵役。野戦重砲八連隊。そこでは「鍛工兵」、砲車やサイドカーの修理が仕事、技術と技能を身につけた。

昭和八年十月、満期除隊、上官の推薦で同僚三人と共に、募集のあった「戸畑鋳物」に応募、勿論合格、たまたま宇野さんが受付順、「一番」だった。

「自動車を作る工場」ときいていたが、戸畑鋳物のクイが一本立っているだけ、あたり一帯はなにもない砂原、横浜・子安の埋立地（現、横浜工場の一地区）だった。

掘立小屋の事務所が建ち、アメリカから設備が送られ木箱に入ったまま放置されていた。初めての仕事はこの見張り番だった。機械、工具は高価な貴重品、不増にも横浜港周辺では、夜になると伝馬船に乗ったドロボウが暗躍していたのである。

人手が少なく、若く運転もでき、機械類に明るかったので、仕事は何でもやった。

・機械の据付け工事の助手

・山本常務（建設責任者）の運転手

・横浜工場が稼動の昭和十年四月まで、ダットサンは大阪工場で作られ、シャシーが東京へ送られてきた。ボディは芝浦のヤナセ自動車と蒲田の高橋製作所で製作、その陸送と完成検査の立会いも仕事だった。

・ダットサンの性能試験も、毎日、箱根までの往復、五千 km ごとに分解、ピストンやリングの摩耗状態をマイクロメーターで計測、データーを設計者の後藤敬義技師に届けた。

・ダットサンは初期トラブルや苦情も多かった。無免許で乗れ、腰高だったので横転事故をよく起こした。後藤敬義、川添惣一技師と三人で、東北から九州までダットサンの巡回サービスにもでかけた。

・一番の想い出は、多摩川レースに、サービスの仲間と共に、ダットサンレーサーを作り出場したことだった。(日産自動車社内報・ニッサンニュース　平成七年三月号掲載)

四十三　「パティスリーギー」に風間さんご夫妻を訪ねる

若者に　まじり手順の　記録とる
第二の人生　お菓子の修業

粉を選び　練り粉ね醗酵　焼き上げる
ひとつ一つに　こころをこめて

炉からでる　熱とおいしさ　香ばしさ

ケーキに妻は　笑顔も添えて

若き日の　夢・ものづくり　よき質の

生涯現役　この道あゆむ

日産ＯＢの中から「素敵な笑顔のベストテン」を選ぶとすれば、風間義平さんは上位にきっと入るに違いない。

そんな表情とお人柄の人である。

昭和二十四年、新潟県立柏崎工業高校卒業。日産自動車に入社、横浜工場検査部で自動車の部品の検査を四十年余。定年の二年前、会社の定年準備プログラムの一期生に応募する。

第二の人生は、大好きなケーキ作りの道に。基礎から学ぶ為「東京製菓学校」に入学。若者達と一緒に二年間の学習。横浜のケーキ店で一年の修業を経て、自宅を改装し開業。横浜市旭区さちが丘一六三。相鉄線・二俣川駅から徒歩八分、住宅街の中にお店がある。風間さんは、ケーキ、クッキー、パンを焼き、奥さまは、お店の販売面を担当している。

「パティスリー」は、フランス語でケーキ屋さん。「ギー」は名前の義平から一字を。

製品に作者の信用と責任を添えて、日産・子安寮時代の友人、藤井大至氏のアドバイス。

「今も、ご夫婦ご一緒に、よくお見えになるのです」とのことだった。

奥さまに紅茶を入れて頂き、風間さんの好きなモーツアルトを聴きながら味わうケーキ。とても、とてもおいしく、絶妙かつ絶品、二人でケーキのお替わりをし、妻も大満足。

平成十年三月十四日

四十四　詠進歌・題「青」の習作

白い森の　青き狼　牙を剥き

激しい痛み　夜の闇裂く

カナリアの　守備を切りさき　左すみへ

青い稲妻　ジダンのゴール

今朝も又　哀しみの波止場　リスボンの
青の時代の　漁師の別離

青い目の　人形使節　日米の
哀しみの記憶　瞳に秘めて

六十才の誕生日は病院のベッドの中、病名はイレウス（腸閉塞）。

三冠馬「ナリタブライアン」が九月十七日に急死、病名は腸閉塞。その昔プロレスラーの「力道山」も。激しい痛み、「青き狼」の群が、しつこく私に襲いかかってくる。

七月十二日のワールドカップ決勝、ジダンのゴールは感動的だった。予選リーグの退場レッドカード。決勝リーグは地獄の日々、苦しみの夜の闇に神の声を聞いたに違いない。

「立つんだジダン、飛べジダン」。神の書かれたシナリオのように、劇的な結末だった。

いつか見たピカソ展、漁港の朝、漁師を見送る妻子を描いた一枚が忘れられない。深い悲しみの青の色、涙も、泣き声も聞こえてこない。心象風景のような作品。

私はそれ以来、「青の時代」のピカソがとても好きになった。

日露戦争の後、日米関係は次第に悪化、排日移民法の成立は国民には衝撃的だった。

改善の努力が双方でなされ、米国から「青い目の人形使節」約一万体が送られて来たが、「敵性人形」として戦時中廃棄された。「横浜人形の家」にレプリカが展示されている。

（青い目の人形使節の歌を宮内庁へ、残念ながら選には入らなかった。）

平成十年八月十日　横須賀市民病院にて

四十五　新盆に想う（義兄・故内海良哉氏のこと）

あたたかな　ぬくもり体温　かたりくち

いじけひがみの　中二をいやす

どこまでも　いつもだれにも　親切に

ぐちいいわけも　くちにはだざず

たのしげに　ほほえみかける　孫たちに
コップ一杯の　日本酒を手に

からまつの　林やはらかに　こな雪が
野辺のおくりの　襟肩つつむ

昭和二十六年、姉が結婚し、私も婚家に一緒に引き取られた。大きな瘤つきだった。
中学、高校、大学と育てられ、兄であり、父親のようでもあった。
入学式、卒業式。運動会や父兄参観日にもいつも顔を出してくれた。
浮浪児、不良の仲間にも入らず、まっとうに生きてこれたのは、そのお陰である。
怒られたことも、叱られた経験も、恩きせがましい言動も、一度としてなかった。
立場が逆だったら、私にはとてもここまではできなかっただろう。
昭和十八年十月二十一日、雨の明治神宮外苑競技場、学徒出陣壮行会。
祖国のため、明治大学校旗を先頭に雨の中を行進した一人だった。
平成九年十二月二十八日、札幌市中村記念病院にて逝去、享年七十九。
お元気だった頃のこと、入院と葬儀の日のこと、たくさんの想いが次々と浮んでくる。
どれもが、言葉にはいい表せない感謝と敬愛の気持ちである。
平成十年八月十五日　横須賀市民病院にて

四十六　うつりゆく季節のなかで

美酒に酔いし　タイタニックの　華やぎに
白く闇裂き　氷山迫る

きのうあれ　あすまでこれをと　本部から
事態を告げる　ファックス届く

あたふたと　ひそひそ隅に　受話器もつ
本社エリート　背の翳うすく

覇を競う　世界戦略　負の遺産
砂上黄金の　楼閣のごと

子会社に　赤を飛ばして　恥じること
なき歴代の　声は疎なりき

せつなげに　くやしさかたる　妻の目に
いつしかそっと　夜露がやどる

梢より　葉は枯れ落ちる　楡の木よ

わが青春の　　森は遠のく

平成十年十月十九日

四十七　十年前の十一月十日、「ベルリンの壁、崩壊の日」

愛の手を　牧師の声に　蘇る
西と東の　こころのきずな

つるはしを　打ちこみ壊し　壁にのぼり
手をふりわれも　行かむと叫ぶ

もう一度と　ふたたび決して　憎しみの

銃をむけずと　決意を刻む

ヒロシマと　ヒロシマですと　広島を

世界すべての　子供たちにと

十一月十日は、スター・コミュニケーションズ（株）の創業一〇周年記念日。十年前のこの日は、「ベルリンの壁」が崩壊した日でもあった。その五十日後には東欧の共産主義政権はすべて消滅した。その直前の一ヶ月間、私は西ドイツ各地を廻っていた。

十月十五日（日）南部バイエルンの田舎町、マクトーバドルフの教会、日曜日のミサ。「ドイツの本物の音楽は教会にある。機会を作り、ぜひに」と日本で勧められて来た。町の皆さんのコーラスとバイオリン、チェロの演奏は清冽、とても素晴らしかった。

ミサの後、案内してくれた国立音楽アカデミーの院長先生に、疑問に思った事を尋ねた。「牧師さんは何の話をしたのですか。殉教者とか、教会の特別の記念日だったのですか」異様だった。二度も三度も登壇し、聖書を読むのではなく、何かを訴えていたのである。

「自由を求め逃れ来る人達に、愛の手をさし伸べよう。手をつなごう、暖かく迎えよう。難民受入れのお話です。この教会は由来があり、日曜日のミサはドイツ中の教会に内容が伝達されます。また、教会のネットワークにより、バチカンを経て東ドイツ、ハンガリー、ポーランドなどの東欧諸国の教会にも、その声が届くのです」と。私は納得した。

東ドイツからの難民は、陸路ハンガリーを目ざした。首都の教会に集まった難民は、ブダペストからは川路を、オーストリアを経由し西ドイツへと向かった。小さな流れが、みる間に巨大な難民の大河に化していた。私はこの流れの源流を創ったのは、あの時の牧師のスピーチだったに違いない。テレビのニュースを日本で見ていて私はそう思っていた。

ベルリンの壁に登り、手をふる若者達の映像。西側の家族や友人に、そして、何人かは神の声を伝え、自分達に勇気と希望を与えてくれた声の主に手を振っていたに違いない。

十月十八日（水）首都のボン、午前中は日独青少年交流の政府間定期協議。

翌年度の日本側の受入れ計画を提案。三十年余の実績もあり、協議は約一時間で終わる。

昼食はレストランでの会食。会場でメンバーの紹介をうけ、私は本当に驚いた。

午前中欠席していた担当局長を始め、中央政府の高官が六名も顔を揃えていたのである。日本でいえば文部省、外務省、厚生省、労働省の局長達。私は、その「ワケ」を尋ねた。なぜならばその日は、戦後、東独を独裁支配してきた共産党の「ホーネッカー政権」が崩壊した翌日。午前も午後も、中央政府の各省では緊急幹部会議が重なっていたのである。

「第二次大戦が終わって、ドイツ国民は一つの事を決意しました。第一次大戦も、第二次大戦も、戦争を仕掛けたのはドイツでした。それで、もう二度とふたたび、どんなことが起こっても、ドイツから戦争を仕掛けない、という決意でした。しかし、この決意の実現、その方策の答えは出てきませんでした。国と国との利害の対立、衝突の種は常に存在し、些細な事でトラブルが発生、憎しみの気持ちが芽生え、やがては戦争に至るのです。

それに、西ドイツはフランス、オランダ、ベルギー、ルクセンブルグ、東ドイツ、スイスオーストリア、チェコスロバキア、デンマークと九つの国と国境を接しているのです。

真剣に、本当に真剣に、考えに考え抜きました。結論は、たった一つでした。

「青少年の国際交流」です。子供の頃からの友人が隣国におれば、憎しみの気持で隣国に銃を向けることは決してない、という結論でした。これを「国是」としているのです。

私達は、隣国をはじめ六〇を超える世界の国々と青少年の国際交流を行っております。中でも、同じ敗戦国日本との交流を最重要に考え、今日はその定期協議の日なのです。

それに、どんなに忙しい人でも昼食はとるのです。この店の料理はボンの最高、特にここのワインは格別、ドイツの男性はおいしいワインには目がないのです」と。

私はこの説明に納得はしたが、本当の理由は「主催者」にある、とすぐに気が付いた。

十月一日（日）ケルン、大聖堂とローマの遺跡の街。教会経営の宿泊施設での初会合。

初顔の私の席は、西ドイツ側の責任者、中央政府の青少年国際交流課長の隣だった。

双方の自己紹介、日程の説明の後は会食。英語で、私は隣席に話しかけた。

「博士、昨年は一ヶ月日本に滞在されて、最も印象に残った場所はどこですか」と。

私は浅草、ホームステイされた金沢、姫路や秋の厳島などの返事を、期待していた。

「ケン、これは、とても難しい質問です」と、首を傾け、暫く考え込んでいた。そして、「ヒロシマです。ヒロシマなのです。広島です。広島は、世界中の全ての青少年に一度は見てもらわねばならない場所なのです」と。私の背中は百万ボルトの稲妻に直撃された。もう、口が乾き、声が出なくなってしまったのである。横顔をただ、ただ見つめていた。

白のスラックスにサーモンピンクのセーターとカーディガン、胸元には一環のパール。ストレートの金髪、若き日のイングリッド・バーグマン似の燦然とひかり輝く美貌の人。そして、ベルリン大学卒、ボン大学院で博士号。西ドイツ最高の知性と評されていた。

十月十八日の会食は、かの方が主催者、局長連は王女様にかしずく騎士達であった。

ベルリンの壁、二〇％は東独の国民が、八〇％は西独の人達の熱い心が崩した、が結論。

「拒絶の意志」があれば西独の工業は、より頑丈な壁の再建など朝飯前だったのである。

平成十年十一月十日

四十八　映画「トゥルーマン・ショー」を見る
（スター・コム創業十周年記念行事）

若き子ら　しずかに開演　ベルをまつ
手をとりかたり　顔よせあって

聳え立つ　デジタルの風車に　挑み行く
二十一世紀の　ドンキホーテ

こころ渇き　喜怒哀楽を　朋にする

この世唯一の　真実のひとと

なに見つめ　なにを狙って　世のさきの

ひとの心の　悦びつくる

二十年の昔、日産自動車・教育課の時代、講義の後、講師の先生にお尋ねした。

「先生は、世の中の変化や動きを、どのようにして勉強しているのですか」と。

「それには、ロードショーを見るのが一番。世界中でハリウッドの映画プロデューサーほど真剣に、これからの世の動き、人々の興味や関心の先を考えている人は他にいない。何十億ドルを投資して映画を作る。読み切れば大入り満員、ハズレると劇場はガラガラ。栄光と身の破滅が隣合わせに生きている。映画の製作の仕事は男の真剣勝負の場なのだ。

特に評判の映画は二回以上は見る。一回目は映画を楽しみ、二度目からは推理をする。プロデューサーは、この先の世の動き、人々の関心・興味の対象をどう読んだのかを」

そんな昔を想い出しながら見ていた。　面白くもおかしくもない映画だった。

「トゥルーマン」、人生が演出され、世界中に二十四時間テレビ放映されている主人公。親も友人も、学校も会社も、街も人々も、巨大な虚構の映像のセットの中に生きている。知らないのは本人のみ。「デジタルの虚構の中の唯一の真実の人」に人々は共感する。

それだけの映画である。　最後は、ドンキホーテのようにデジタルの巨人に挑む。

ただ、若い二人連れなどが長い列に並び楽しげに開演を待っていた。

二十一世紀はデジタルの時代。もしかして、この映画はチャプリンの「モダンタイムス」のような、世紀の天才のみが創りうる映画なのかもしれない。

平成十年十一月十七日

四十九　昭和天皇の十年祭に想う

騎馬の列も　うみのいくさも　はるかひの
みゆき通りに　半旗がゆれる

父のいない　こころのくうを　かのひとに
みたすやすらぎ　畏れおおくも

うつくしき　こころのひとが　ふときづく
吹き逝く風の　こころやさしさ

すぎゆくも　まつは吹雪きに　耐えいきる
ふたりの母の　山河おもひつ

一〇年前の一月七日は土曜日。日産・本社の各フロアーに陛下の崩御を告げる社内放送が流れた。久間木総務課長の声だった。起立し、黙とうを捧げた。十二時、土曜日の仕事は終わった。本社の玄関には半旗が掲げられ、新車の発表やサッカー天皇杯優勝の垂れ幕は片付けられていた。戦前まで、三代の天皇の海軍兵学校、海軍大学への巡幸の道すじ、「みゆき通り」。会社の前の通りに人影は寂しく、今は、その由来さえ知る人は少ない。

私は、地下鉄・丸の内線で皇居に向かった。地下鉄の出口からは、大勢の老若男女の列が地上に溢れ出ていた。若い人達、外国人の親子連れも多く、意外だった。

二重橋前広場の記帳所には長い列ができていた。誰もが無言だった。ふと、後の母娘の会話が耳に入ってきた。母は娘に「陛下は、こころやさしい方だったのね。松の内の終り成人の日も避けられ、翌日は日曜日という日を、国民の生活にさわりのない日を選ばれて亡くなられたのね」と。美しい心の人のみが、こころのやさしさにきづくのである。

私には次第に、目に涙がにじみ出るのをどうしても抑えられなくなっていた。

記帳の順番がやっときた。茨城県、長野県、山梨県、遠方の住所も多かった。

私は、私と妻の母の名を書いた。陛下とは同年代、共につれあいを亡くし北海道に住む。そして、誰よりも陛下への敬愛の念を深く抱いているのだった。

「代わりに記帳にいってきたよ」私の報告の電話に、何度もお礼の言葉が続いた。

平成十一年一月七日

五十　アサヒビールのシェア首位に

めをさまし　でんでん虫は　つのをだす
なみき通りの　ポルシェの地下に

さらさらと　乾いた大地に　こころ癒す
首都のスタイル　老舗の街の

秋口は　きりりからくち　スマートな
ビールの味が　似合いますねと

ひだりまく　うずが右へと　むきうつる
潮のひびきを　うみどりつげぬ

九八年のビールの出荷、アサヒはキリンビールのシェアを抜いた。八七年の発売以来、「スーパードライ」の躍進が主要因。キリンのシェアの最高は七六年の七六％、「落日のアサヒ」は長年一〇％前後に低迷していた。バブルの崩壊、消費の低迷、各業界は期待を込め、次々と新製品を世に出してきたが、その多くは期待はずれに終わっていた。

なぜ、スーパードライだけが大ヒット、逆転の一打となったのだろうか。

情報化社会と言われたこの十年、時代は「トップブランド独り勝ち」の世になっていた。下位がシェアを逆転するなど、夢のまた夢、日本は「寄らば大樹の国」でもあった。

八七年の九月、スーパードライの発売と同時に、銀座八丁目の並木通り、一階がポルシェのショウルームの地下に、「スーパードライ」がオープン、アンテナショップである。九月六日（火）、会社の同僚と行く、店内はとても混んでいた。近くの化粧品会社のＯＬと相席、すぐ仲良しに。そんな首都・銀座の最前線、明るく乾いたムードの店だった。

ＮＨＫのクルーが取材にきていた。二十人位がインタビューを受けた。私もその一人。十六日（月）「首都圏ニュース」、放映されたのは男女二人だけ、私と岸川さんだった。意外に反響は大きかった。会社関係の知人や高校、大学時代の友人からも電話があった。

・シャネル、フェラガモ。並木通りにオープンする毎にアサヒのシェアも伸びていった。

・ポルシェ、ベンツ、ＢＭＷ。ドイツ車の人気が高まる毎にドライな味も広がっていた。

「逆転のきっかけを創ったもの」、それはもしかしてあの日、銀座に本社のある自動車と化粧品の会社の二人、ふたりの爽やかな笑顔だったのかもしれない。

平成十一年一月十三日　「日経産業新聞」の記事に

五十一　東急デパート・日本橋店の店じまい

自動車の　次の花形　テレビジョン
技術の潮の　うねりみすえて

焼け跡の　闇市今朝も　掻き分けて
男七人　部品を捜す

旗を立てる　自由闊達　愉快なる
大きな理想と　趣意書したため

日本橋　はしのたもとの　一里塚
いまのむかしを　しるひともなく

東急百貨店・日本橋店が閉店、江戸時代からの由緒ある呉服店がその長い歴史を閉じる。「白木屋の火事」「白木屋乗っ取り事件」。しかし私は、戦後のある時期に興味を持った。昭和二〇年九月、戦災に焼け残ったこのビルの三階に「東京通信研究所」の看板があった。わずかな測定器、旋盤にボール盤、簡便な溶接機だけの貧乏世帯、男七人と女性が一人。翌年五月には「東京通信工業株式会社」に、設立趣意書の冒頭に「自由闊達にして愉快なる理想工場の建設」を掲げた。資本金十九万円。現在の「ソニー株式会社」である。

日産コンツェルンの総帥・鮎川義介は「技術のメインストリーム」の読める人だった。「いまの時代の花形は自動車。そして次に来るべきものは電波工業に相違ない。その中心はテレビジョンである」と。当時世界で最もテレビの研究が進んでいた米国のＲＣＡと英国ＥＭＩの日本の子会社「日本ビクター」と「日本コロンビア」の両社を買収し、傘下に。三保幹太郎は日本コロンビアの社長、井深　大氏の神戸一中の先輩。三保は、この若き俊英に注目、戦時中の「日本測定器」時代から支援を続けていた。戦後、長野から上京の彼に「これからどうするのだ」「それなら金もいるだろう」「事務所は白木屋を使いなさい」白木屋は当時、日産コンツェルンの管理下に、日産自動車の本社も同じフロアにあった。

戦後五十年余、多くの会社が生れたが、その多くは「卵」のまま、孵化することなく終わった。孵化し

「雛」になっても飛び立つ前に、世の寒さの故に命を落としていった。

「第二のソニーが巣立つ孵化器」、私は東急百貨店の再建に、そんな夢を託している。

平成十一年一月三十一日

五十二　夏実のダンス発表会にて

初舞台　しろき化粧に　紅つけて
五才の春の　出番近づく

しゃがみまつ　子らはうとうと　春うらら
ドレミのリズム　あくびのリレィ

手づくりの　うさぎのみみの　リボンつけ
みどりの妖精　ふえ吹きおどる

ひとつづつ　青いやまなみ　かけのぼれ
森の天使よ　翼ひろげて

ＶＩＰウェルネスクラブの発表会があり、夢の島の都立総合体育館に行く。

娘・博子は、ＹＭＣＡ・社会体育学校卒業後、同スポーツクラブの指導員として勤務。夫の物井敬明氏と職場結婚。子供が生れるまでは水泳の先生だった。

初孫「物井夏実」の初舞台、ダンスを踊るのでご招待を受け、妻と出かける。

「物井一族」は、皆さん仲良く結束が固い、父兄席に顔を揃えていた。

平成十一年三月十四日

五十三　誕生日の贈りもの

鍵盤の　うえをしずかに　しろきゆび
むかしあの日の　よろこびを弾く

アテナイの　学堂にあるごと　話はずむ
樫の木の部屋は　ぬくもりみちて

五十五本の　薔薇の花束　白の器に
フランスの四季の　華やぎ薫る

妻の焼く　パンにコーヒー　香りたつ
パリーの朝市　サラダも添えて

自由が丘二丁目、サンセットアレイの中程にあるレストラン「イルニード」に行く。

「小松真知子とタンゴクリスタル」のディナーショウ。翌日は、妻の誕生日だった。

家族連れ、古くからのファンの人達、およそ四十人余がその夜のお客様。

さすが、第一級の実力者たちの演奏は、とても清冽、心を洗うものだった。

このレストランのある「ユーレカビル」のオーナーは「片山　豊」さん。

このビルの三階に、「アテネの学堂」の大きな絵、米国から持ち帰ったかしの木の家具、氏の素敵なオフィスがある。ディナーの前に、妻とご挨拶に伺う。

片山さんは、日本スポーツカークラブ（ＳＣＣＪ）の名誉会長。九〇歳にして現役のモータージャナリト。昨年、「自動車の殿堂（Ｈａｌｌ　ｏｆ　Ｆａｍｅ）」に選ばれる。お祝いを述べ、式典や米国日産（ＮＭＣ）やＺカークラブの祝賀会の様子をお聞きする。

「米国日産社長」を辞め二十数年の歳月が経っても、大勢のＯＢと現役社員が「ミスターＫ」の栄誉のお祝いに参集。「Ｚカークラブ」では「ファザー・オブＺカー（片山豊）」ご夫妻の祝賀のために、全米各州からメンバーが愛車の「２４０Ｚ」で駆けつけた。

往時の想い出や苦労話等、楽しい会話がぎっしり詰った一時間だった。

片山さんは妻に、誕生日のプレゼントも用意されていた。カトルセゾンの食器だった。やさしい心配りとセンスの若さには、いつも頭がさがる。パリーの香り漂うこの白の器はコーヒーとサラダ、妻の焼くパンと共に、我が家の休日の朝の定番になっている。

平成十一年四月三日

五十四　郡上八幡・大垣市と常滑・美濃の旅

こいにあまご　むれる川もの　風にまい

さくら花おどる　郡上八幡

のし柿の　あわきあまさに　強者の

歴史をつつむ　大垣の城

「せ」のいち字　手かきしひとは　常滑の
さかのよこ道　たんぽぽの花

たがために　なにをいのりて　器のそこに
赤津の匠は　おもいを刻む

郡上八幡は、昔ながらの静かで清潔、美しく素敵な街だった。ちょうど桜が見事な季節だった。清らな川の流れ、川面いっぱいに枝を広げた桜の古木。風に花びらが舞い散る。まるで、桜花の「風の盆」のようだった。

大垣は三度目。「柿羊羹」、「のし柿」などの銘菓を商う老舗が並ぶ駅前通り。ゆったりと街中を流れる運河と大垣城。歴史の明と暗の「分岐点」をゆっくりと歩む。この城で、秀吉は賤ヶ嶽攻撃を「決断」、三成は関ヶ原進出を「躊躇」したのだった。

常滑は坂の町、坂道のあちこちに陶器づくりの歴史がいく層にも埋まり、顔を出す。坂の横道に小さなコーヒーショップ「たんぽぽ」があった。女主人の作品が店にも展示されていた。小鉢を求める。節子の「せ」が器の裏に、藍の似合う人だった。

「この水差しは、お母さんに、亡くなったやさしいお姉さん使って欲しい。」

無名の陶工のやさしさと、赤津の土のぬくもりが手に伝わってくる水差し。器のうらに、小さな傷あとのようにさりげなく、作者の想いが刻まれている。

平成十一年四月十三日

五十五　株主総会の季節に

いま一度　念には念を　入れ詰める
総会準備の　最後の日々は

降りしきる　雨とカメラの　放列に
受付に立つ　緊張の顔

つぎつぎに　手をあげて立つ　株主に
受たつ議長の　背骨は太く
為でなく　日産のために　来たのだと
顎を和らげ　メモよみあげる

スター・コムの株主は三十二社、資本金二〇億円だが株式は公開されてはいない。

しかし、株主総会の季節は一年で最も重要、かつ緊張の時期である事は他と同じである。「監査報告書」の作成、「営業報告書」と「想定問答集」のドラフトと纏めが私の担当。万が一に備えて、念には念を入れて、点検チェックを繰り返す。

今年は、株主総会の集中日が多少バラケタので、二、三、他社の総会に出かけてみた。

世の注目を集めた日産自動車の総会、雨の玄関口に七台のテレビカメラが待っていた。総会屋の怒号も、「異議なし」を叫ぶ社員株主の声もなく、様変わりの様子だった。
・ダイムラー・クライスラーとの提携破談、借金漬け、高コスト体質が嫌われたのか。
・赤字なのに、なぜ費用の嵩む「ルマン」に参戦するのか。
・販売低迷の最大の理由、私は「日産のデザインにある」と思うのだが。
・石原さんは、なぜルノーの事を二流、三流の会社と悪口を言うのか。
などと次々と、けっこう厳しい質問が、七、八人の株主から、二時間半近く続いた。

逃げの姿勢はなく、といって気負う事もなく、自然体に近い境地。簡潔に、ポイントを押さえ、ひとつ一つの質問に、総会議長の塙社長は「普段着の装い」で対応していた。

最後に、カルロス・ゴーン氏が日本語で挨拶。意思の強そうな口元、本質を見通す目、聡明さを示す額、迫力と胆力がにじみ出た外貌、「料理の鉄人」が私の第一印象。話は、「起承転結のリズム」が良く、特に、プロローグとエピローグの切口が非凡に思えた。

平成十一年六月二十五日

五十六　タイムと昭和天皇

彼と我の　おもいたがいて　おもいよらぬ
時の記憶の　みなもとたどる

和はらかな　ランプの灯火　燃えつきて
火屋に刻みし　哀しみ浮ぶ

階段の　下に降り立ち　待つ記者に
「サンキュー」の声は　やさしさにみち

餓死させよ　首を吊るせと　世を蔽う
渦潮のながれを　あの日の記事が

小渕首相は、タイムの本世紀の人特集の候補者の人選を依頼され、昭和天皇を推薦したが、記事に使われた「軍服姿の写真」について、強い不快感を表明した。

私は書棚から、八九年二月、昭和天皇の崩御に際してのタイムの特集号を取り出した。「平和、戦争そして、再び平和に」ミラー社主の巻頭文の写真は軍服姿の天皇だった。

「神から人間へ」天皇の生涯を解説する記事にも、白馬に乗った軍服姿の写真があった。当局が、使用する写真についてのコメントを添えて置けば、避けられた事なのである。

私は、石川啄木の歌集、『一握の砂』の「真白なるランプの笠の瑕のごと流離の記憶消しがたきかな」を思い出した。「流離の記憶」はガラスの笠に刻まれた瑕のように時を経ても、消しゴムでも消えずむしろ、周辺の心象が薄れた分、鮮明に浮かび上がってくる。

戦争中、戦後のある時期迄、アメリカのマスコミには軍服の天皇の写真が溢れていた。一九四五年六月二九日のギャラップ調査では、天皇を処刑せよ、裁判にかける、終身刑を科す、外国へ追放が七〇％を占めていたのである。

そんな米国の世論の潮流を反転させたのは、四六年三月四日のタイムの記事に違いない。天皇の地方巡幸の初日を伝える記事、二月一日には「天皇の人間宣言」がなされ、五月には、極東軍事裁判（東京裁判）が予定され、世界中が「天皇の訴追」問題に注視していた。「立候補者」のタイトル、シニカルな書き出し、しかし、時間の経過と共に記事のトーンが変わっていく。質問し、答えに「アッ、ソウ」だけの午前中。午後には、やさしい励ましの言葉が加わる。最初は記者とのハプニングに対処できず無表情の天皇、そして、すぐ立直り、鮮やかに「サンキュー」の挨拶を返す記者の見た天皇の実像を伝える記事である。

この日の記事を境に、タイムの紙面から軍服の天皇の写真は消え去り、背広姿に変わる。憎しみが凝縮した言葉「ジャップ」も「ジャパン」と「ジャパニーズ」に変わるのである。

平成十一年七月十五日

五十七　「高橋　是清自傳」を読む

七転び　くじけず不運に　うつむかず
顔をそむけず　達磨は起きる

雨の日は　芸妓の袖に　あまやどり
箱をかついで　提灯さげて

栄爵も　総裁・総理も　砂の山
日露で終わる　是清自傳

時は疾く　耳に軍靴の　音響く
是清自伝　出版急げと

高橋是清自傳を神田の巌南堂で求めた。私の関心は「昭和の金融恐慌」にはなく、大正十年五月、原敬が東京駅で暗殺され、後継総理は大蔵大臣の高橋是清に決まったが、その前後の事情を知りたかったからである。東京日日新聞によれば後継候補は、後藤新平、田健治郎、斎藤実、牧野伸顕の名前があがっていた由。私は田健治郎に関心があった。期待は裏切られた。自傳の記述が明治三十八年の日露戦争で終わっていたのである。

しかし、読んで痛快とても面白かった。とかく、功成り名遂げた人の自伝や履歴書は、自画自賛、他人の功さえ横取りし恥じるところがない。都合の悪い事は省略、目をつむり口を閉ざし、自ら脚色、書き換えてしまうことが多いのである。

是清自傳は、不運、失意の日々の記録が読ませる。記述に、うそ偽りがないからである。後世の若い人達に、語り伝えたかったことなのだろう。日銀総裁、農商務大臣、六度の大蔵大臣、総理大臣の栄誉は、本人にはさほどの意味合いを持たなかったのだろうか。

高橋是清自傳の印刷が、昭和十一年二月五日、発行が二月九日。あの「二・二六事件」のごく数日前だったことにも、何か神の意志、運命の力を感じてしまう。

平成十一年八月十日

五十八　私の終戦記念日

兵隊の　突撃の声絶え　時は止まり
海・浜・空には鳥かげもなく

噴煙は　天に赤き火　巻き上げて
艦砲射撃は　地を揺るがせる

憲兵が　特高がくる　おまえ達を

二度と出られぬ　暗い牢屋に

空襲に　いつも空腹　でもしかし

野に山・海と　大勢の子が

昭和二〇年八月十五日、天皇陛下の終戦の詔勅「玉音放送」を聞いた記憶は私にはない。国民学校の一年生には、理解できる内容ではなかったからだろう。しかし、その日の事は憶えている。私は室蘭の祝津の浜に、「兵隊さんの演習」を見に行くのが日課だった。

白旗と赤旗の二組の兵隊さんが、海からの上陸軍と砂浜に迎え撃つ日本軍、それぞれ二十人位「源平の合戦」のように、毎日毎日、突撃訓練を繰り返していた。

その日は、海辺には私だけだった。人も鳥も、何もかも消えていた。音もなく色もなく、時も止まっているようだった。とても、ふしぎで不思議な夏の一日だった。

工業都市の室蘭、しかし、街外れの漁師町、警報はよく鳴ったが空襲の被害はなかった。自分の目で戦争を見たのは一度だけ、終戦直前の五月、輪西の製鉄所、母恋の製鋼所への戦艦・ミズーリによる艦砲射撃。十数キロ離れていたが、地響き噴煙と火柱、雲仙普賢岳の火砕流の光景がそれに近い。艦載機グラマンはよく飛んできた。

一年生。軍国主義が民主主義に変わっても価値体系の変更とか、違和感はなかった。

大人達の脅し言葉が、それまでの「憲兵が、特高が来る」から「進駐軍が来る」に変わった。学校の男の先生が、「竹の鞭」を手に持たなくなったのが、敗戦による一番の変化だった。

空襲警報が鳴り、いつも空腹だったが、野に山と海があり、そして、当時はどの家も子沢山、大勢の子供がいた。今となってはなつかしい思い出の方が多いのである。

平成十一年八月十五日

五十九　イラン革命の前夜

皇帝と　王子にダイヤの　首飾り
こがねの髪の　若き王妃が

国を守り　学校・病院　街づくり
王家の慈愛を　テレビは告げる

裁判も　軍も秘密の　警察も
石油利権も　その手は握る

地が熱く　寝つきもならぬ　夜の闇に
青のモスクの　コーラン響く

私の初めての海外旅行は、七八年九月、二泊三日、革命前夜のイラン出張だった。

香港、バンコクで乗り継ぎ、首都のテヘラン空港に着いたのは夜の十二時を過ぎていた。入国手続、荷物を受け取り、到着口に進む。「ザムヤード社」の迎えがあるはずだった。飛行機は、予定時刻をかなり遅れて着いたのだ。空港の雑踏の中、それらしき人はいない。替わりに目に入ったのは、二畳ほどの写真が三枚。「軍服姿のパーレビ国王、金髪の若き王妃と王子の肖像」だった。私には一瞬、戦時中の日本にタイムスリップした感を受けた。

迎えの人達とも会えて、ホテルに。ベッドに入っても一人旅の余韻も残り、眠れない。テレビを付ける。一日の放映の最後だった。空軍の編隊飛行の威容、学校・病院の近代化、これらは全て「パーレビ国王」のお陰、勇壮な音楽、言葉はわからなくとも意味は通じる。

その日は日曜日、午前中はテヘラン観光、銀行の地下室、王家の博物館、ここでもまず映画の上映が、「パーレビ国王」の宣伝だった。当時は米ソ冷戦の時代、アメリカの支援を受けていたイランの軍事力は、「中東の警察」と呼ばれた。エジプトと共に中東の雄、最強国家だった。石油資源に恵まれ、社会生活の近代化が急速に進展中。「何かおかしい、ここまで教育・宣伝しなければ、パーレビ体制は保たないのだろうか」、が心に残った。

午後は一人で街に、警察、軍人の姿も少なく、バザールは活気に溢れ品物も豊富だった。チャドール姿の女性達が、靴屋の店先を熱心に覗いていた光景がイスラムの国らしかった。
「国民の七人に一人はサバック（秘密警察）、王家の批判は厳禁」の頃だった。
平成十一年八月二十三日

六十　築地市場にて

四丁櫓の　早船相模の　波を切り
初夏の江戸橋　魚河岸めざす

朝まだき　鯛に海老蝦蛄　天秤に
日本橋渡る　一心太助

震災の　余燼くすぶる　官邸に
河岸の移転の　英断せまる

シャツにズボン　ゴム長姿が　粋いなせ
河岸の若衆　鉢巻きしめて

昼食には、よく築地市場に行く。コースは大概決まっている。若葉のラーメンを食べ、オカモトでコーヒーを飲み、豆も挽いてもらう。鰹節、山葵、鱈子、塩辛等を買う。

魚市場が築地に移転したのは、関東大震災の後。それ迄は日本橋の河岸にあった。

安藤広重の東海道五十三次「日本橋」、橋の背景は魚河岸である。橋の上を天秤を担ぎ魚を商う男達が描かれている。湾で獲れた江戸前の魚貝類に、相模の初鰹も早船で運ばれた。その賑わいは、魚河岸千両、芝居千両、吉原千両と言われたが、江戸初期の人口は三十万、元禄期には一〇〇万人、大都会の胃袋を賄うには手狭だった。しかし、拡張の余地はない。

帯に短し襷に長し、広く便利な移転先はなく、候補地は利害が相克、いつも話が潰れた。

明治二年、明治政府は近代海軍創設の為、ここ築地に「海軍操練所」を開設。明治九年、「海軍兵学校」に改称、イギリス海軍のダグラス少佐以下三十四名の教官団により英国流の士官教育を実施した。明治二十一年、兵学校は広島県江田島に移転、跡地は海軍大学校、海軍病院（現在は国立癌センター）、海軍技術研究所に使われていた。とはいえ、ここは日清・日露の戦役で活躍した将官達にとって青春時代の学舎、「日本海軍の聖地」だった。

大正十二年九月一日の関東大震災、後藤新平総裁率いる「帝都復興院」はC・ビアードの意見など、多数の都市計画の専門家による三十億円になる復興計画を立案したが、議会、地主の反対により、計画は遅延、縮小され、「昭和通り」などが僅かに今に残る。

築地への魚河岸の移転は僅か三ヶ月で完了。二人の男の決断と実行による。総理大臣の山本権兵衛と農商務大臣の田健治郎である。山本は日本海軍の建設者、「海軍技術研究所」を横須賀に移転、跡地に「中央卸売市場」を開設、田は緊急事態の采配を振るった。

新魚市場の床は、コンクリート敷で水洗ができ常に清潔、服装も着物・半天が、旦那衆は背広、男衆はシャツ・ズボンのゴム長姿に、首都の台所に相応しく近代化された。

平成十一年九月一日

六十一　みちのく（山形、上山、米沢、会津若松）の旅

みはからい　丹前・浴衣を　炬燵から
みちのくの宿は　ぬくもりにみちて

べに花を　あきなうふねは　かみの山へ
京のおんなの　みやびをはこぶ

月あおく　武者のまなこは　たじろがず
「毘」の御旗が　敵中すすむ

母は子の　いのち手かけて　みずからも
あいづ藩士の　つまはかなしき

「山形」は二十年振り、ぜひ、もう一度行って見たい所があった。旅館「後藤又兵衛」廊下のこけしと心くばり日本最高の旅館だった。数年前に廃業。冬の山形の宿を回想する。

「上山温泉」は上山藩、松平山城守三万石の城下町。お城に近く、市の史跡にもなっている四軒の茅葺きの武家屋敷が残っている。その一軒、森本家を訪ねる。日産自動車の源流を創った「快進社自働社工場」の橋本増治郎氏の夫人の実家である。姪の森本そのさんにお目にかかり旧事をお聞きし、先祖伝来の品々、和書漢籍、写真などを拝見する。叔母、橋本とゑさんは、英国製の洋服地を秋冬の和服に仕立てる等、素敵なセンスの持主だった。

「米沢」では上杉神社に、上杉謙信、上杉鷹山の特別展を見る。

最も印象深かったのは、謙信の「毘」の旗印。佐野政綱の救援に、北条方三万の包囲軍、謙信は十三騎の若武者を率いて敵陣を行く、胴肩衣に白衣の行人包み、月夜粛々と馬上の謙信、北条軍は「鬼神と畏れ慄いた」と言われている。凄さが伝わってくる実物だった。

「会津若松」では会津藩家老、西郷頼母の屋敷に。上山藩三万石とは規模と格式が違う。それだけに戊辰戦争、藩の重みと運命に殉じた妻や娘達の哀しみが切なかった。

平成十一年九月二十九日

六十二　東京モーターショウに行く

折りたたむ　窓・屋根つくる　匠らは
御料車づくりの　わざをうけつぎ

世のはるか　かなた見すえて　線をひく
クルマの未来　夢をかたちに

神のごと　至上のものと　品質を

ひげの親父は　スローンに語る

世のひとに　先駆者の苦悩を　問いかける

メッセージには　詩情ながれて

自動車振興会の曽武川さんに切符を頂き、モーターショーにでかける。

「女性客が減った」のと、「韓国人の集団が消えた」が第一印象だった。

「素敵なクルマは？」と問われれば、オーテックのシルビアヴァリエッタを挙げる。

屋根の折り畳みの操作に、観客から歓声があがっていた。見事な出来ばえの作品と思う。

二十世紀は自動車の世紀、来るべき二十一世紀の車社会に対しどんな提案をするのか、楽しみだったが、各メーカーの内容とレベルは、コンパニオン数に逆比例の関係にあった。

軽・小型車も今が花盛り。しかし、広い会場の片隅にたった一台展示されていた「ミニ」天才イシゴニスの叡智の結晶。この可愛らしさと技術の斬新さを超えた車は未だなかった。

私は、モーターショーでは、いつも「キャデラック」と「リンカーン」に声援を送る。GM、フォードの最高級車の故ではなく、「ヘンリー・リーランド」の嫡流達だから。

彼のことを知る人は少ないが、GMの中興の祖・スローンは「GMと共に」の中で「彼は人格高潔で、創造力に豊み、高い知性の持ち主だった。品質を神のごとく至上のものとしていた。私は彼を兄のように敬愛していたが、それは年令のことだけでなく、彼の技術者としての英知に対してである」と語っている。彼はスローンの様に学校出の技師ではないが、エジソン、フォードと同じく、アメリカの工業を創った「穀物小屋（ｂａｒｎ）の技師達」として畏敬され、「デトロイトの親父」として、市民から敬愛されていた。

広告・宣伝史上、二位を引き離しての断然一位は、一九一五年一月、サタディ・イブニング・ポスト紙に、ただ一度掲載されたもの。文字のみの、短いメッセージである。

キャデラック社の米国市場初の「Ｖ８」に対するライバル社の非難・中傷に応えたもの。

「テッド・マクナマス」の撰文。社長・リーランドの生きる姿勢が、行間に垣間見える。

平成十一年十月二十六日

先駆者の苦悩（The Penalty Of Leadership）

人間が競い営むすべての分野で　先駆者はいつの時代でも　世の人々の注視の光の輪の中に生き続けねばならない。　世に先駆けるものが　ひとりの人間であれ工業製品であっても　優劣の競いと嫉妬心は常につきまとう。　芸術　文学　音楽であれ近代工業の分野であっても　称賛と非難の言動はいつも遅れ先立って襲いくる。　賛辞は広く知れ渡るも批判者はその受入れを手厳しく拒絶し　その存在さえ否定する。　先駆者の成したことが広く世の規準となるような場合には　それを妬む人達の妬雨嫉風の格好の標的ともなる。もし　先駆者の作品が取るに足らないものならば　無視され　誰からも顧りみられない。しかし　先駆者が世紀の傑作を創り出したならば　世間は騒がしく舌を蠕動させるのだ。凡庸な絵の作家には　嫉妬心の舌頭もそう鋭くは突き刺しはしないのだ。　小説　絵画、演劇　音楽　建築であれ　世紀の天才の折り紙が付かなければ　誰も騒ぎ立て中傷することもないのである。偉大な作品が生まれ　長いとし月が経過しても　その為に夢が砕かれ嫉妬心に狂った連中は　まだ性懲りなく　それは「未完成」であると叫び続けるだろう。年月を経て　広く世界が偉大な世紀の天才と認めるまで　その芸術の聖域を縄張りとする少数の意地の悪い者達の声が　米国生まれのホイスラーの革新的画風を大道芸人呼ばわりし　我が国では受入れなかったのである。　世の大衆がバイロイトのワーグナーの音楽祭に勝利者の月桂冠を捧げようと群れ集っても　彼を追放し　のし上がった少数のもの達はそれでもワーグナーは音楽家とはいえない　と怒り狂って煽動したのである。小さな世界に住む人達は　大きな世界の人達が河岸に立ち　フルトンの蒸気船が遡行してくるのを見に群がるまでは　彼は絶対に蒸気船など造れはしないと反論を繰り返していたのである。先駆者は　世のリーダーたるが故に攻撃されるのである。追従者が先駆者に追い縋る努力は　先駆者のリーダーシップを追認するだけのことである。　追いつき追い越そうとして失敗し　追従者は先駆者を貶め破滅させようと欠陥を捜しまわるが　しかし　それは彼が排斥しようとしたものの優越性を確証づけること以外の何者でもない。　これは何も目新しいことではない。　世界の歴史　人間の情欲　嫉妬　恐怖心　欲望　野望　勝利への野心と同様に古来からよくあることなのだ。　しかし　それは何の役にも立ちはしない。もし　先駆者が真に世に先駆けるならば　彼の名のみが世のリーダーとして歴史に残る。偉大な詩人　天才画家　世紀の名匠は誰しも自ら進んで苦難の道に挑戦していくのだ。そして　歴史が彼等に勝利者の月桂冠を授けるのである。　いかに声高くそれを否定しようとも　優れたもの　偉大なるものは　いつの日にか自ずと世に知れわたるものである。

生きるに値するものだけが　生き続けるのである。　（訳　下風　憲治）

六十三　人見さんご夫妻がわが家に

濱かぜに　砂粒まじりて　藍くすぶ
こころ波立つ　冬を映して

このひびき　過不足なしやと　言の葉に
神のみこころ　愛をつたえる

ひそやかに　遊星はぐるま　みぎひだり

噛み合いはなれ　連れだちまわる

いたずらな　春かぜそっと　ごあいさつ

川面みつめる　うしろ姿に

個展の毎に求めた人見宣輝氏の水彩画、中でも「冬の大浦海岸」が私のお気に入り。燻んだ冬の空と海の情景、「今の貴方の心象風景の様ね」が家内の寸評との事だった。奥様の祥子さんは翻訳家、聖書や信仰に関する分野がご専門、知性と感性の純度が高い。

人見さんは工学博士、歯車の伝導がご専門。私の日産・中央研究所時代の同僚、ＣＶＴ開発の中心軸にいた。謙虚なお人柄で、難しい無段変速機の仕組や理論を、素人にも分り易く説明できるエンジニアだった。爾来、二〇年をこえる付き合いになる。

楽しい午後の一時。まずビールで乾杯を、下風家のご馳走は「大根の煮付」だった。ついでお茶、お土産の「鎌倉・美鈴のおもち」を頂く。皇室の新年の伝統を模したもの、季節限定の逸品。花片が裏に小さく押された餡、それに細い牛蒡がもちに包まれている。最後に珈琲が出る。かってはウイスキーや日本酒などと「飲物七品目にお昼寝付」が当家のフルコースだったが、最近はごく簡素になってしまった。

単身赴任の様子、両家七人の子供達、翻訳や旅行のことなど、話は尽きない。

最近は、司馬遼太郎を愛読しているとのこと。挿絵画家も話題に、風間　完、須田剋太、安野光雅。二人が「街道を行く」で大好きなのは「本所・深川散歩」の桑野博利画伯。

三人のお嬢さん達が隅田川を見つめている後姿の一枚である。

平成十二年二月五日

六十四　「司馬遼太郎の愛した世界」展を見る

暁の　星のあかりに　孤樹は立つ
はるかやまなみ　道をみすえて

西のやまに　夕陽ザビエル　城を染め
ひがしの国へと　使命旅立つ

十七年の　ふくらむ想い　こもあれも
鋸ひきおとし　鉈でそぎゆく

亡き母の　ゆきふる野辺を　しのびつつ
菜の花そえる　七年の忌に

二月十五日、横浜・高島屋に「司馬遼太郎の愛した世界」展を見に行く。

最終日の最後、終了を告げるアニーローリーの歌が流れ、ゆっくりは見られなかった。

福田定一画、「暁闇に立つ一本の孤哨の樹」。東山魁夷の「道」のような心象の世界に魅せられる。どこか、ゴッホの「アルプスの星空」にも似た素敵な小品だった。

青色が基調の「南蛮のみち」の挿絵、「ザビエル城B」の夕陽が赤く自己主張をする。若く使命に燃える宣教師ザビエルの心の色か、異教の地を布教するイエズス会の活動は、ポルトガルの武力を背景に、血に塗られていた故なのか、須田剋太画伯の心を推し量る。「西の国の沈む夕陽は、東の国に昇る太陽、夜明けの色」、と連想は尽きない。

自筆原稿の中では「草原の記」の第一ページに魅せられた。ペン書きに赤・緑・青の色鉛筆で塗りつぶされた原稿用紙。学生時代に蒙古を学び、最初のモンゴル訪問から十七年の歳月。興味の尽きない領域でもあり、情報が自然に生れ、又限りなく集まって来る。

「あれも入れ、これも書きたい」、熱帯のジャングルのように、想いは成長し絡み合う。惜しみなく、鋸を挽き鉈で削る。残ったのは、「ツェベクマさんの生涯」と「オゴタイ・ハーンの記憶」、そして、蒙古の草原を吹きぬける風の音だった、に違いない。

大きな驚きも最後に。菜の花忌（二月十二日）は、私の母の命日でもあったのだ。

平成六年二月、雪ふる北国の野辺の送りのことを、会場で私は想い出していた。

平成十二年二月十五日

六十五　「世界らん展日本大賞二〇〇〇」を見る

アンデスの　きよらな赤の　髪かざり
王妃は山の　頂きにたつ

ときをへて　花の公達（きんだち）　よみがえる
くまがい草との　対もゆかしく

ひといきに　ゆめもあふれる　競演を
拓きしひとの　勇気たたえむ

尊王に　工業・野球と　産みし地は
いまあたらしき　種子をはぐくむ

水道橋駅からの人波と熱気は日本シリーズの決勝戦を思わせるものがあった。普通の、ごく普通の、小父さんと小母さん達が小走りに先を急ぐ。

いろ艶やかな「洋蘭」、優美な「東洋蘭」、清楚な「日本蘭」が咲き競う。花の前は、ひと、人、人の群。

「日本大賞」は、アンデス原産の清らな赤紫の花、赤い透き通った王家の蘭だった。

「敦盛草」、この凛々しい種を創り、素敵な名前をつけた人は、一体、誰なのだろうか。

十周年を迎える「世界らん展」。それまで「洋蘭展」は、一部の好事家を相手に有名デパートが入場無料で行うのが相場だった。「会場を東京ドーム」「入場料は二千円」この道を拓いた先達は偉大である。夢への情熱、そして何よりも「勇気」を称えたい。大抵の人は「採算が、時期尚早、道楽者め」と反対し、冷笑したに違いないのだ。

ドームのあるこの土地は「水戸藩邸」の跡地。水戸光圀公が大日本史を編纂、後世に「尊王」の二字を残し、これが維新回天の原種となった。明治になり「東京砲兵工廠」、日清・日露戦争時の最新・最大の工廠で、日本各地に「精密機械工業」の種籾を蒔いた。

その後は「後楽園球場」に。スポーツは元来、英国の私学に生れた貴族階級の専有物。日本では、一高・三高、早稲田・慶応の、ごく少数の選ばれた学生達だけが伝習した。広く国民・大衆にスポーツの楽しさを教えた舞台が後楽園。「野球」がその種火だった。
今、世界らん展も「何か」、悦びの新しい種子を、世に発信しているに違いない。
平成十二年二月二十八日

六十六　銀座の朝、三月

はなみづき　うす紅あわい　はなのいろ
ふりむくきみは　三月の朝

FOXEYの　ひかりやさしく　道にあふれ
はるまつひとの　こころをつつむ

箒もつ　子らはパリーの　朝の市
街の四つかど　よごれきよめる

地図を手に　ビルを見上げる　若き子よ
くじけずめげず　顔をそむけず

最近、朝は新橋から銀座、地下鉄の一駅を歩くことにしている。

銀座の起点は「博品館」、わが家の子供達が幼い頃はよく立ち寄った店である。八階に小劇場があり、若い人達が列に並ぶ。今朝は意外にも、知っている顔を見つけた。冨田万紀さん、順番を待っている横顔がとても素敵だった。

開店前のショーウィンドーを見るのも楽しい。「和光」の展示が世に有名ではあるが、今、私の一押しは六丁目の「FOXEY」、夜も、一、二階の店全体がショールームに。鎧戸を降した老舗とは、まるで明と暗。朝の店先には、経営の老と若が端的に出てくる。

朝の九時前、「並木通り」の多くの店は、敷石に水を撒き、歩道を清める。

この通りがいま、銀座で最も美しいのは、シャネル、ディオール等の支店が多い故ではなく、私は、第一の理由に朝の清掃を、第二に銀行の店舗が通りにない事を挙げたい。

自分の店先を綺麗に、これが普通。四丁目の仏蘭西料理店、「パリーの朝市」の従業員は手分けをし、近くの交差点の吸殻を拾い、灰皿も替える。白い制服姿がとても美しい。

柳、欅、銀杏、辛夷、楓、鈴かけ、花水木。銀座の街路樹の若芽が一斉に春を告げる。

同じ頃、新調のスーツ姿の男女が地下鉄の出口付近で、地図を片手にビルを見上げる。会社訪問の季節なのだ。超氷河期と言われ、若者の就職難、厳しい冬の時代が続いている。

意地悪な面接にくじけず、不採用の通知にもめげず、冷たい社会の風に顔をそむけず、自分の道を探してほしいと、私はひとり一人の若い後姿に声援を送っている。

平成十二年三月六日

六十七　木挽町医院にて

歌舞伎座の　屋根の葺は　雨に濡れ
灯の入る頃の　美しき哉

鎮静剤　打たれて眠る　わかき子は
寝るを忘れて　生きてきたごと

てきぱきと　裁くナースは　八丈の
島の生まれと　われに微笑む

収穫の　肴と酒を　それぞれに
料亭の味よ　今朝の宴は

三月十五日は肌寒い一日だった。

昼飯は築地本願寺の裏の「築地かつ平」に行く。トンカツが大好きという訳ではないが、暖簾が気に入った。池波正太郎さんが贔屓だったに違いない、と私の勘働きである。

店内は立て込み、外で十数分待たされる。これが良くなかった。腹痛、いつもの腸閉塞の発作である。なんとか会社まで帰り、救急車で歌舞伎座裏の「木挽町医院」に入院する。

三階の病室に笛の音が聞こえてくる、裏から見る歌舞伎座の屋根、雨に濡れた甍の勾配がとても美しい、ベッドから一日中見ていても、刻々と変化があり飽きないのである。

銀座のど真ん中の救急病院、夜通しサイレンの音が絶えない。交通事故、高熱、腰痛、泥酔事故、食中毒ｅｔｃ。若い患者は本当によく眠る、それまで何日も寝ていない生活が続いていたかのように。きっと神様が、休息のひと時を与えてくれたのだろう。

若者達は生活スタイルなのか、着替えを嫌がる。でも慣れたもの、看護婦さんは負けずに裁く。神田、浅草の育ちかと尋ねたら、「都民よ、八丈島の生まれ」との返事だった。

五時にはカラス、六時にはスズメの声が聞こえ、七時には魚河岸からの仕入れが戻る、ごみ収集車も来る。しかし、一番の早出は四時、ホームレスの小父さんだった。割烹料亭の生ゴミから、一日分の食料の仕入れである。ポリバケツごと担ぎ、持ち去る人もいた。きっと大収穫だったに違いない。どこかで仲間達と今朝の収穫で宴を楽しむのだろうか。

平成十二年三月二十三日

六十八　大相撲（大阪・春場所）の所感

闇市の　そらに相撲の　ふれ太鼓
土俵の鬼の　若き日は熱く

舞の海　土俵の華は　だれがつぐ
小兵・色白　美形のわざ師

よい負けの　あとに心技が　よみがえる
鋭い立会い　寄りの切れ味

俺はまだ　負けじ魂　相撲取る
武双の顔面　一発、二発と

木挽町医院に入院中は毎日、テレビの相撲を見て気を紛らわしていた。

三月場所は、第六十六代横綱・若乃花の引退の場所。私はこの四股名に格別の思い入れがある。室蘭・絵鞆小学校、私の五年と六年の担任教師が「石堂純次先生」、初代・若の花に相撲を教え、角界入りを勧め、土俵の鬼が「人生の師」として畏敬する人でもあった。当然、授業中には若の花の事が引合いに出る。生徒達は胸を熱くし話しに聞き入った。

生徒は皆いつしか、自分達は「若の花の弟分」の気分になっていた。

初めて若の花の勇姿を見たのは、昭和二十五年の夏巡業、小学校六年生の時だった。

戦後、今の市役所の辺りは闇市、その近くに青空土俵が造られた。巡業には照国、東富士千代の山、吉葉山、名寄岩も、しかし地元の声援は断然、ご当所の前頭・若の花だった。

「この次ぎは茣蓙（ござ）を巻いて来い」と叫ぶ地元の大声援が、今も私の耳に残っている。

相撲の醍醐味は、小兵の力士の技にある。舞の海が先場所引退した、その勇姿を土俵に見れないのは寂しい限り、「土俵の華」を継ぐ力士は、一体誰なのだろうか。

場所の取組で印象深かったのは貴乃花。海皇に負けた翌日からの二番、武双山、雅山戦「よい負け方をした」、その口惜しさに心技が蘇る。これぞ相撲といえる凄みがあった。

貴闘力の平幕優勝で終わった春場所。優勝を決めた雅山戦の突落し、私は京の五條の大橋の牛若丸と弁慶を思った。しかし真骨頂は前日の対武双山戦、闘志、負けん気の張手。この優勝は、世のリストラの不安に怯える中高年へ、天からのエールなのかもしれない。

平成十二年三月二十六日

六十九　「聖の青春」を読む

心地よく　けがれよごれが　洗われる
聖の笑顔　そのいきざまに

師と弟子は　森と湖　おなじ川
こころのなかに　同じ風ふく

ゴロゴロと　ノドをならして　じゃれるごと
師は髪あらい　弟子の爪きる

足をけられ　おそれおののき　遠ざかる
何故かわからず　自立の時に

激痛に　耐え歯をくいしばり　生命の火
身体ボロボロ　残り火まもる

子のために　母はひたすら　子のひかり
聖のいのち　つきるをおそれ

土にかえる　ただそのことを　うけいれて

宇宙以前に　ひとり旅立つ

この度の入院・療養中の一番の悦びは、一冊の本との出合いだった。

「聖の青春」（大崎善生著、講談社）である。

平成十二年三月二十九日

七十　映画「鉄道員」を見る

大往生とは　かくのごときか　雪の朝

一番列車を　ホームに待ちて

吾はただ　四十余年を　ひたすらに

雪ふる町の　鉄路を守る

たたかいに　敗れし民の　生きるため
父の祈りと　不器用ついで

機関車も　駅舎・夜汽車も　遠ざかる
時のうつろい　地吹雪ににて

ふる雪に　十勝の原野　行く汽車は
遠くかすかに　静寂のなかへ

幌舞の　街・人つつむ　懐かしき
北国なまり　こころぬくもり

人形を　いだきて吾子は　お出迎え
母まつ国に　ともにいかむと

退院祝いにと、次男・洋史が「鉄道員（ぽっぽや）」のビデオを借りて来てくれた。
北国の大自然に生きる人々の仕事と生活、その喜びと悲しみ。涙が止まらなかった。
平成十二年三月三十一日

七十一　軽井沢（川村尚久君・山岸みどりさんの結婚式）にて

どんぐりは　うまれころころ　それぞれも

かわむら辿り　森のうたげに

手をとられ　こぶし花さき風かおる

石の教会に　花嫁はいま

傾聴は　愛のはじめと　師はかたる
みどり嫁ぐ日　おくる言葉に

弟に　兄とならんで　凛々しげな
ふたくみの星四月の空の

「川村家のみな、梨園の御曹司のような男前だから」との誘いに妻は肯いた。結婚三十余年、夫の兄弟やその家族と顔を合わせるのは、初めての事だったから。兄弟はそれぞれに育てられ、これ迄はごく無色透明に近いおつきあい。しかし、姉に三人の弟（一人は鬼籍に）、私はとても素敵な兄弟達と思っている。兄弟喧嘩や泥んこ遊びなどの共有体験がなかった事など、今はとても残念に思う。

式は内村鑑三記念教会、披露宴はホテル・プレストンコート。今人気の結婚スポット。

「今日は二十組の結婚式が入っている」、駅からのタクシー運転手さんの話だった。

白いこぶしが白樺林に美しい、かぜ爽やかな高原、から松林の中の「石の教会」。

四月二十九日は「みどりの日」、花嫁の名前も「みどり」、そよ風とは春の姉妹。

お父上に手をとられて花嫁は、まるで白い辛夷の花の精、清楚清純な乙女だった。

ドライアイスの演出も歌や踊りもなく、品格のある披露宴。宴のスタートは花嫁の高校時代の恩師が乾杯のご発声、「傾聴は愛のはじめ」との言葉が私の心に響く。

川村家の次男・昌大君は、同じ四月ハワイで、兄より一足先に結婚式を挙げられた由。軽井沢の夜空、きらめく二組の新星。父の川村洋二もオーストラリアからベトナムへと任地が変わった。私には新婚二組の、親子三組の新しい門出の日のように思われた。

平成十二年四月二十九日

七十二　日産・村山工場とのお別れ

あすをかぎり　とじる工場(こうば)の　きみとわれに
なごりの春の　ゆきふりしきる

はるは炭坑(やま)　なつは工場(こうば)に　あき市場(いちば)
あゆむおとこの　人生の四季

かれはいつも　よわきをたすけ　空(くう)をゆく
わかき日鉄腕　アトムのように

あさつゆを　ひとみにやどし　われをみる
ほのかな紅(こう)の　きみをわすれじ

ゴーン社長の日産リバイバルプラン。「村山工場」は本年三月末、工場閉鎖となった。ここは、プリンス自動車の五年間、四十一年の日産との合併後の五年と、新入社員時代の十年を過ごした想い出の場所だった。

ごく限られた人数で、ささやかにそっと「お別れ会」をと、幹事から連絡があった。黒田耕作、法木秀雄、富田節子、幹事・宇留野喜子と私の五人がメンバーだった。

工場はすべてが終り、もう構内に立ち入ることはできなかった。

隣接の村山寮に行く。寮の桜木は大きく育っていた。あれから三十年が経っていたのだ。桜花を見あげる五人の顔に、春の名残の雪がひんやりと冷たく、またとても温かかった。

上司の竹中人事課長が清水の治郎長とすれば、黒田さんとは「大政と小政」の役回り。四〇〇〇人の寮生、管理人が三〇〇人の大所帯。寮の管理は、事故と事件の連続だった。筑豊の炭坑育ち、閉山により自動車に。現在、東中神の居酒屋、「みちのく」の主人。

東大紛争の四十四年、一ツ橋から法木君、ユニークな個性の大秀才が入社してきた。進取の気性、何事にも果敢。後に、日・米・欧の国際ビジネスの世界に大活躍する。

富田さんの作るケーキ、クッキーはきりりとした甘味、奥様芸だがプロに遜色がない。ほのかな紅、容姿と心の優しさは昔のまま、ご主人は最後の村山工場長。

宇留野さんは、私が人事、教育の総括になって初めての新人。新橋の一流料亭の若おかみを思わせる、仕事のさばきと臨機応変の才覚。天使の笑顔と超一級品の知能の持主だった。

平成十三年三月三十日

七十三　「東京ドーム」へ、ジャイアンツの応援に行く

あとのない　おとこてさぐる　慎重と

臆病ほそい　ひとすじの糸

今日もまた　ため息まじる　潮流の

流れをかえる　きみの一打が

花札と　将棋おしえて　岸和田の

まつりだんじり　野球を熱く

夢もとめ　世界にいどむ　世のうつり

時のながれに　かれはいかにと

娘と孫たちから宅急便、巨人―ヤクルト戦の切符二枚とポップコーンが届く。

去年は、私が腸閉塞で入院、せっかくの好意を無にしてしまった。

首位攻防の三連戦、第一戦と二戦は七―六、七―一とメイ、上原の両エースで二連敗。巨人は、勝率も勝数でも、ヤクルトに首位を明け渡した。

村田のリードは慎重と臆病の二文字、四球の連続、一、二、三回とも満塁の大ピンチ。しかし最後まで、河原との「緊張の細い糸」を切らさなかった。

ヤクルト優勢の潮流を反転させたのは、松井敬遠の満塁、走者一掃の清原の一打だった。江藤の三〇〇号達成よりも、私には村田、清原の「存在感」の方が印象に残った。

清原の活躍で私は、「岸和田の人」を思い出した。

その人は、遠縁の我家を足場に、岸和田から荷が着くと道内の洋品店へ、毛糸の行商に出かけた。そして暇な時などに、まだ小学生の私に、花札や将棋を教えてくれた。

生きるために大切な何かを、私はたくさん学んでいた。岸和田のだんじりや野球の話は熱く、いつも私はワクワクして聞いた。私はすぐ「南海ホークス」のファンになった。鶴岡、藤本、土井垣、飯田、広瀬、蔭山、木塚など、今でも、選手の名前は覚えている。

帰りの電車で私は、正力松太郎を想った。前日は、大リーグのオールスター戦だった。佐々木、イチローの活躍。日本のプロ野球は、視聴率も、入場者数も低下が目立つ。
プロ野球、民放テレビの生みの親、「大正力」ならこの潮目、いかに舵とるのかと。
平成十三年七月十一日

七十四　原　善　伸　ギターリサイタル

ひだまりの　つどいやすらぎ　時もとまり
ノンちゃんの家は　野のはなみちて
ゆくひとの　哀しみ夕陽　あかくそめ
哀愁ためいき　アルハンブラを

村むすめの　よろこびおどり　弾きかたる

むぎの穂ゆらし　吹きゆく風も

禁じられた　遊びのしらべ　巻きもどす

あの日あの頃　セピアの色に

同じ町内の五丁目、中山さんがご自宅を改装され、この五月から毎週金曜日、高齢者の方々にミニデイサービスを始められた。

「ノンちゃんの家・ひだまり」

一階は扉や間仕切りがなく、ちょっとしたミニコンサートのホールに早変わり。

運営スタッフ、ご近所の奥様方など聴衆は三十名、妻が地区の民生委員の関係から私にもご一緒に、とご案内をいただいた。

小鳥と遊ぶむぎわら帽子の少女の絵が入口に、テーブルには野の花が飾られていた。

ジュリアーニ、ソル、タレガの名曲が六曲。ジプシーの激しい感情移入や華麗さとは異質な、表現に過不足がなく品格高い名匠の冴えた技、素晴らしいギターの生演奏だった。

「スペインの夕べ」ということで、スペイン産のおいしいワインも用意され、演奏者も聴衆も、曲の合い間にグラスを傾けながらの、とても楽しいコンサートだった。

曲の演奏前に、作曲者とその時代、スペインの風土や伝統を解説してくれた。

私の家から、半径五十メートルの会場、半径五メートルの客席、とても贅沢な音楽会だった。

「青い鳥」の童話、本当の幸せはごく身近に、私はそんな話を思い出していた。

平成十三年七月二十八日

七十五　中村睦男くんが北大学長に

きみはいつも北の星辰　かわりなく
とおい夜空に　あこがれて見る

ふぞろいの　船団ひきい　船出する
きみの前途に　神よご加護を

せんせいの　一撃・一句に　生きかえる
あきらめいじけ　死んでいたぼく

みなにかわり　うたれることが　長の字と
いたみくやしさ　生きがいにして

「むっちゃんしばらく」「けんちゃんげんき」、いつも二人はそんな会話から始まる。室蘭・北辰中学時代のクラスメイト、高校は学区が違ったが、大学でまた一緒になった。

昭和二〇年代の中学校は乱暴だった、試験の度に、成績順に名前を廊下に張り出した。彼はいつもトップ、私はずっと下の方、就職の準備に近所の珠算塾に通っていた。

聡明で純粋な人柄。父上も北大教授、船見町にあった海洋研究所の所長だった。

北大教授、法学部長、そしてこの四月、北大学長になる。文系では二代目の学長就任。初代は「大学紛争時」の今村成和教授、私のゼミの担任。変革の時代は法学部の出番。

国立大学の停滞が続く。原因は「制度疲労」だけではないのであろう。

人脈や政治力より、「良識」の人を、時代が求めているのかもしれない。

私は中学二年の、冬のある日を想い出した。自習時間、私は一人本を読んでいた。

教室は二階、階下は職員室、何人かがふざけあい、教室を駆け廻っていた。階段を駆け上る足音が響く、「高橋先生だ」。誰もが席につき俯いた。先生は黒板の指棒を手に、私の前に止った。「下風」と、私の頭に竹の棒を振り下した、「お前は級長ではないか」と。頭に大きな瘤ができとても痛かったが、同時に激しく、私の体の中の何かが変っていた。

二年四組、前期は彼、後期は私が級長だった。もうひと走り、頑張れ「むっちゃん」。

平成十三年七月三十一日

七十六　田　家三代の男たち

世にはやく　天いくひとは　空(くう)にきえて
銀河鉄道は　月に達せず

日米の　さかまく海に　子らのため
世代のために　友情の橋

工業の　原野を拓く　おとこらの
乾くくらしに　みずしほおくる

闇の夜の　ひかる知性に　世もわれも
なぜに気付かぬ　いまに思えば

七月二十六日の参議院選挙、「小泉ブーム」、自民党が圧勝した。

私は新聞を見て、「田　英夫」落選の記事に驚いた。立候補さえ知らなかったが。

共同通信の記者から、ＴＢＳのニュースキャスターに。昭和四十六年の参議院・全国区に一九二万票のトップ当選。知性的な語り口と端正な容姿で女性には圧倒的な人気だった。ベトナムからの現地報道、アジアを重視した外交政策など、独自の視点を持つ人だった。

父親は「田　誠」、戦前の「青い目の日米人形使節」、「日米学生会議」の関係資料によく名前を見る。当時、鉄道省の観光局長。日本軍の大陸侵攻、日米関係の悪化、憲兵と特高に怯えた酸欠状態の世相、そんな闇夜に、「二つの輝き」を後世に残した人だった。

祖父は「田　健治郎」、大正十年十一月、原　敬首相が東京駅頭で暗殺された。翌五日の「東京日日新聞」に「後継内閣は、後藤新平、田健治郎、斎藤　実、牧野伸顕」の観測記事が出る。大命は政友会副総裁の高橋是清に。田は当時、逓信大臣を経て台湾総督。

日産自動車の祖・橋本増治郎の三人の支援者、ダットサン・ＤＡＴの「Ｄ」である。日本工業の黎明期、原野を開拓する男たちに、かげで支援と声援を送りつづけていた。

田家三代の男たちの色彩は、闇夜にキラリと光る「銀色の輝き」にも似ている。

体勢に迎合せず、時流に流されず、世の先と事の本質を見る目の持主であった。

横須賀市は小泉総理の地元。しかし、今回は田英夫に一票だった、と悔やみが残った。

平成十三年七月三十一日

七十七　築地西洋軒のエリーゼ・ヴィーゲルト

まとどざし　おとずれたより　ひとりまつ

ベルリンの夜に　ちかいしきみの

窓したの　みどり樹の間に　赤と黒

みゆきの騎馬は　海の道行く

花まちの　華やぎ贔屓の　舟をまつ
若きむすめご　橋にむれいて

ひめやかな　あさのわかれの　哀しみを
みつめつづけし　やどの歴史が

この三月、銀座東急ホテルが閉館に、日産本社に近く、私には馴染みの場所だった。その昔、ここに築地西洋軒があった。明治二十一年九月十二日から一月余、一人の金髪の乙女が宿泊していた。名前はエリーゼ・ヴィーゲルト。森鴎外の小説「舞姫」、エリスのモデル。吉野俊彦氏の「鴎外百話」に、関係者の日記や鴎外の書簡、船の乗客名簿から調べた「微かな痕跡」の記述がある。過ごした日々の彼女の様子や思い、それは「謎」。

ブレーメンから片道・五〇日間の船旅、鴎外の帰国を追って四日後の来日であった。

おそらく日光、箱根の観光にも行かず、終日、「待つだけの日々」だったに違いない。一度や二度は、外の賑わいに窓を開けたかもしれない。宮城から海軍大学への騎馬の列が窓下の人波を行く。みゆき通りの「御幸」、秋の御前研究があったのかもしれない。

目の前を「築地川」が流れる。秋の東西合同歌舞伎、人気役者たちの「船乗り込み」、料亭に急ぐ人力車、贔屓役者の到着を待つ着飾った娘たち、采女橋上の賑いも。

別れの朝は言葉少なく、エリーゼの哀しみが頬に流れていたのかもしれない。

津和野の森鴎外生家、庭に歌碑が立っている。鴎外・「うた日記」の中の一編。

明治三十七年五月、日露戦争・南山の戦い。近代日本、初めての「哀しみの日」だった。

この日、鴎外も大切な「何か」をなくし、その思いが「珠玉の詩」を生み出していた。
それは別れの朝のエリーゼの頬、その哀しみの「化身」だったのかもしれない。
閉館前日のレストラン。築地西洋軒、セピア色の写真数葉が壁に飾られていた。
平成十三年八月六日　広島、現代日本の哀しみの日に

七十八　八月十二日、十六年前の夏

ふわふわと　山また山を　蝶のよう
あかい燈ともし　蛍のように

みぎにひだり　ゆれる手帳に　遺す文字
いとしの子らに　ママたすけよと

うなづいて　やさしくそっと　問いかける
天使の声の　はは子のように

しっかりね　がんばってねとに　ほほえみの
きみはまゆふせ　目をうるませて

八月十日は私の、十一日は長男・維男の誕生日、続く十二日のことも何かと忘れ難い。その年の夏休みは家族で伊豆・弓ヶ浜に。白い砂浜、夜の花火と楽しい二泊三日だった。ところが帰りは大渋滞の連続、下田、白浜と海水浴場近くでは、車が全く動かない。

朝早く出たのに、最大難所の真鶴トンネルの入口に辿りついたのは夕暮れ近くだった。子供達は疲れ、車内に声がなくなっていた。どこかの海岸の花火が遠くに見えていた。右手、海の方角から白い蝶のように飛行機が、山々を越え夕闇に蛍のように消え去った。


翌朝のニュースは日航ジャンボ機の墜落。航路、時刻からあの飛行機らしいのである。なぜか私には他人事には思えず、それらの記事のいくつかは今も鮮明に覚えている。

大阪商船・三井船舶の神戸支店長、河口博次さんの手帳、家族への走り書きのご遺言。恐怖とパニックの最中にこんな素晴らしい文章を、私は足もとにも及ばない思いだった。奇跡的に救助された川上慶子さん、高崎市国立病院、小川清子婦長のインタビュー記事。

尋ねる人、答える人もまるで天使のような、やさしさと思いやりに満ちたものだった。

数日後、私は仕事で札幌へ、予約便の変更手続きはとらなかった。

空港カウンターも、機内も声は少なく、乗客は十名にも満たなかった。

千歳空港、何かに耐えているクルーの人達に声をかけ、私は機を離れた。

平成十三年八月十二日

七十九　私の見た靖国神社

ひくもできず　すすむもならず　かのひとは
次善の一手に　今日の日選ぶ

建軍の　父よと村医者　あがめられ
たてまつられて　台座の上に

楯（たて）もなく　剣（つるぎ）もたずに　木の舟で
龍を退治の　ジグフリートあわれ

水平線　白雲わき立つ　沖縄の
この青い海きみはいずこに

八月十三日、熟慮の決断、小泉総理は靖国神社の参拝を実行した。

私はこれに異論はない。靖国神社、私は二度、境内を散策したことがある。

大村益次郎の銅像。源義経と彼は、日本史上、たった二人の天才軍略家だと思う。

しかし、あの巨像には当人も困惑していると思う。義経の像さえない国なのだから。

京の木屋町辺りか郷里の山口に、小さな像をひっそりと、がふさわしいと私は思う。


英霊の遺品がならぶ一室、片すみに魚雷艇「震洋」の模型が展示されている。

記録映画にも、戦記にも登場しない特攻兵器、島尾敏雄は「魚雷艇学生」にこう記す。

「私が見たのは、うす汚れたベニヤ板張りの小さな唯のモーターボートでしかなかった。緑色のペンキも褪せ、甲板のうすい板は夏の日照りで既に反りかかった部分も出ていた。これが私の終の命を託す兵器なのか、思わず何かに裏切られた思いになった。」

「水冷式の航空エンジンを装備していて、爆音ばかりやたらに高く速力はそんなに出なかった。おまけに故障が多く、予定された操艦訓練が中止されることも度々であった」と。

戦争末期、飛行機生産が至上命令の時期、ボートに航空エンジンを搭載する事はありえない。トラック用エンジンの転用だった。船体は木製のベニヤ板、日本造船が製作。

魚雷艇長・ケネディの英雄伝説とは無縁。多くの若者が沖縄の海にただ散っていった。

平成十三年八月十三日

八十　終戦の日、昭和二十年八月十五日の前後

頭巾ぬぎ　そらをみあげる　こどもらに
機銃をむける　機影はなくて

銀色の　つばさ日の丸　くろ雲に
こどもらの夢　墨ぬりつぶす

あの木の葉　樹の実草の根　野をあるき
太古のくらしに　まなぶも楽し

じゃがいもを　茄でて皮むき　すりおろし
つける甘汁　祖母のあじつけ

戦争が終わった実感は、防空壕と防空頭巾の生活からの解放だった。空襲はなかったが港に停泊中の輸送船を攻撃し、その帰途、艦載機が野原に遊ぶ子供達に低空飛行で迫る。向こうは遊びかも、しかし時には機銃を撃ってくる。これは、とても恐いことだった。

墨で教科書を塗りつぶすことも、先生の指示でページ毎に、汚れないよう新聞紙を挟みながら。墨が乾くとゴワゴワして、教科書の厚さは倍に、教科の内容は半分になった。

私は飛行機が好き、「ヒコウキ　ヒコウキ　ハヤイナ　アオイソラニ　ギンノツバサ」この国語の教科書、第一ページのさし絵、墨を塗るのは、何かとてもいやだった。

食料危機。学校の授業も山野に出かけ、この木の葉は粉末に、この草の根は茹でてと。太古に戻るほど深刻にはならなかったが、小学一年生には楽しい野外授業だった。

空腹感はいつも、しかし噴火湾の海は豊かであり、山では山菜が採れ、畑も三反ほど、大都会の子供達に比べ北海道・室蘭の田舎町、私達はまだ恵まれていた。

私の好物は、馬鈴薯を茹でて鉢ですり、ビート大根の煮汁に付け食べること。

イカめし、もち米に人参などの野菜を詰める。祖母がつくる私の誕生日のご馳走だった。

子供達は夏は海で泳ぎ、冬は橇すべり。防空壕は秘密の隠れ家になった。

二手に分かれて「戦争ゴッコ」も。敗戦、戦争はタブーになっていた。大人達は「進駐軍が来るぞ」と脅した。一番恐いものは「憲兵・特高」から「進駐軍」に変っていた。

平成十三年八月十五日

八十一　九月十一日、歴史の分岐となつた日

永遠の　いのちあるごと　聳えたつ
ドルの喉笛　テロは狙いぬ

衝撃の　恐怖の余波に　痩せ細る
企業の顔も　骨も手足も

逃げ惑い　怯える人らを　励ましつ
救助に向かう　隊長の声

今朝もまつ　黄色と黒の　ヘルメット
あの日帰らぬ　プロフェショナルの

哀しみの　弔旗従え　柩（ひつぎ）行く

春にはリラの　花咲く町を

岩やまの　ひそむ鼬（いたち）に　投網うつ

生死を問わず　髭とらえよと

神に問う　かなしみ恨み　ながす水
いつに何処に　湧き出ずるやと

九月四日からの二週間、横須賀市民病院の救急病棟に入院。その間、狂牛病騒動、台風十五号の関東上陸、同時多発テロ、株価の一万円台割れのニュースをテレビで見ていた。

平成十三年九月三十日

著者略歴

下風　憲治（しもかぜ・けんじ）

１９３８（昭和13）年８月10日　北海道室蘭市生まれ
１９５７（昭和32）年３月　北海道室蘭清水丘高等学校卒業
１９６２（昭和37）年３月　北海道大学法学部卒業
１９６２（昭和37）年４月　プリンス自動車工業（株）入社、村山工場配属
１９６６（昭和41）年８月　プリンス自動車工業（株）と日産自動車（株）が合併、日産自動車（株）に
１９７２（昭和47）年７月　日産自動車（株）人事部教育課
１９７６（昭和51）年２月　日産自動車（株）工機工場総務課長
１９８１（昭和56）年２月　日産自動車（株）中央研究所総務課長
１９８４（昭和59）年１月　日産自動車（株）調査部長代理
　兼務１９９０（平成２）年４月　世界青少年交流協会事務局長
１９９１（平成３）年４月　日産自動車（株）広報部（専任）
１９９５（平成７）年５月　スター・コミュニケーションズ（株）常勤監査役
２０００（平成12）年７月　片山豊氏個人オフィス「アカデミア・ユレカ」シニア・スタッフ

平成うた日記
風のように、雲のようにも

2023年6月30日発行

著　者　下風憲治
発行者　向田翔一

発行所　株式会社 22 世紀アート
〒103-0007
東京都中央区日本橋浜町 3-23-1-5F
電話　03-5941-9774
Email: info@22art.net　ホームページ：www.22art.net

発売元　株式会社日興企画
〒104-0032
東京都中央区八丁堀 4-11-10 第 2SS ビル 6F
電話　03-6262-8127
Email: support@nikko-kikaku.com
ホームページ：https://nikko-kikaku.com/

印刷
製本　株式会社 PUBFUN

ISBN：978-4-88877-228-0